마피아가 여자들

LES MAFIEUSES
by Pascale Dietrich

LES MAFIEUSES

마피아가 여자들

파스칼 디에트리슈
장편소설
윤진 옮김

문학동네

일러두기

1. 주석은 모두 옮긴이주다.
2. 본문 중 고딕체는 원서에서 이탤릭체로 강조한 부분이다.

나의 할머니와 어머니와 자매에게

1

그녀는 전화벨소리에 별안간 꿈에서 깨어났다. 적막 속에 세 차례 신호음이 울리다 잠시 조용해지더니 곧 다시 울렸다. 미셸은 한쪽 뺨을 베개에 묻은 채 몇 초 동안 그대로 있었다. 어둠 속에서 거울의 반사광이 눈에 들어왔고, 침대 옆 협탁에 놓인 전자시계의 환한 숫자가 여섯시 오십삼분을 알렸다. 그녀는 침대 위 빈자리를 손으로 더듬어보았다. 위장이 조여드는 것 같았다. 병원이 아니라면 누가 이 시각에 전화를 하겠는가? 미셸은 불길한 예감에 휩싸인 채 자리를 털고 일어나 잠옷 차림으로 몸을 떨었다. 전날 마신 포도주 때문에 머리가 깨질 듯이 아팠다. 복도 끝 서랍장 위에 놓인 전화기가 눈에 들어온 순간, 미셸은 남편의 죽음을 알리는 전화라는 확신이 들었다. 전화기에 다가가 잠시 숨을 가다듬고 수화기를 들었다.

"여보세요?"

"아캄포라 부인, 사뮈엘 박사입니다. 주무시는데 깨운 건 아닌지요?"

"아니에요." 미셸은 거짓말을 했다.

"바로 알리는 게 좋을 것 같아서 전화드렸습니다. 남편분이 혼수상태에 빠지셨습니다."

미셸은 심장이 조여들었다. 아직 죽지는 않았지만 죽은 것과 다르지 않다는 뜻이었다.

"남편분의 병세를 고려하면 그나마 최상의 경우라 할 수 있을 겁니다." 의사가 말을 이었다. "고통 없이 떠나실 겁니다."

자기가 뭐라고 레오네에게 어떤 게 좋고 나쁜지 판단한단 말인가. 체온으로 따듯해진 플라스틱 수화기를 움켜쥔 미셸의 손가락에 경련이 일었다. 두 다리는 마치 홍학 다리처럼 앙상한 뼈 막대기가 되어버린 듯 이상한 느낌이 들었다.

"면회는 가능한가요?" 그녀가 나지막한 목소리로 물었다.

"물론입니다. 지금은 집중치료실에 계십니다."

미셸은 수화기를 내려놓고 흡사 자동인형처럼 부엌으로 걸어가 가장 가까운 의자에 앉았다. 창밖에서는 알프스산 뒤로 펼쳐진 불그스레한 노을빛을 뚫고 해가 떠오르고 있었다. 멀리서 오늘의 첫 화물열차가 덜커덕거리며 철로를 지나는 소리도 어렴풋이 들려왔다.

미셸은 병에 얼마 남지 않은 포도주를 잔에 마저 따랐다. 그녀는 레오네가 입원한 뒤로 술을 마시기 시작했고, 그가 퇴원해서 집에 오면 끊을 생각이었다. 하지만 이제 양을 두 배로 늘리든지, 더 독한 코냑이나 그라파*를 마시게 될 것 같았다. 예전에는 금요일 저녁이면 남편과 함께 이탈리아 레스토랑에 가서 빨간색과 흰색 체크무늬 식탁보가 덮인 테이블 앞에 앉아 그라파를 마셨다. 포르치니 버섯 파스타나 카넬로니**를 먹고 나서 그라파를 마시면 기분이 좋았다. 그런데 요즘은 곧바로 취해버렸다. 알코올은 어떤 상황에든 다 어울리는 놀라운 물질이다.

미셸은 잔을 든 채 거실로 가 소파에 주저앉았다. 오래전에 찍은 레오네의 사진을 보면서 그를 처음 만난 사십오 년 전을 떠올렸다. 지금과는 완전히 다른 시절, 핸드폰도 없고 텔레비전채널도 두 개뿐이고 요구르트도 유리병에 넣어 팔던, 지금

---

* 포도주를 만들고 남은 찌꺼기를 증류한 이탈리아 브랜디.

** 굵은 관 모양의 파스타에 다진 고기, 시금치, 리코타 치즈 등으로 속을 채운 요리.

은 상상도 안 되는 시절이었다. 마들렌과 뤼시앵 페라지 부부의 집에서 바비큐 파티가 열린 날이었고, 그날 레오네는 정원 안쪽 햇살 아래 서서 연기가 피어오르는 그릴 위의 꼬치구이를 돌렸다. 와인색 폴로셔츠에 다트팬츠를 입고, 은목걸이를 걸고, 올백으로 넘긴 검은 머릿결이 니스칠을 한 듯 반들거렸고, 입에는 담배를 물고 있었다. 미셸은 첫눈에 레오네가 마음에 들었다. 그녀는 그에게 조금 다가가서, 뛰어난 솜씨로 바비큐 구이 시범을 보이는 사람을 구경하듯 그가 바비큐 포크를 다루는 모습을 지켜보았다. 레오네는 과묵해 보였고, 중간중간 아니스 술을 홀짝였다.

당시 미셸은 레오네가 어떤 사람인지 알지 못했다. 만일 알았더라면 조심스럽게 자리를 피해 테라스로 가서 다른 여자들과 수다를 떨었을 테고, 지금쯤 전혀 다른 인생을 살고 있을 것이다. 회계사나 엔지니어와 결혼해 열심히 일을 하고 겨울에는 스키장으로, 여름에는 코트다쥐르 해안으로 휴가를 떠나지 않았을까. 하지만 미셸은 레오네 아캄포라에 대해 전혀 들은 게 없었다. 반경 수 킬로미터 내에서 레오네를 모르는 사람은 그녀뿐이었을 것이다.

레오네는 처음엔 별 관심이 없는 척했지만, 이내 그의 금속성 눈길이 미셸을 향했다. 그는 "레어가 좋아요? 아니면 미디

엄?" 하고 물었었다. 미셸은 흘러내린 원피스 어깨끈을 당겨 올리며 장난스러운 표정으로 대답했다. "미디엄이 좋아요, 전 미셸이라고 해요." 당시 미셸은 아직 어렸지만 자기주장이 확실했다. 레오네는 미셸의 그 결단력 있는 태도가 마음에 들었고, 진한 초록빛 눈동자, 끝이 살짝 들린 코, 활주로처럼 길게 뻗은 다리가 좋았다. 그런 타고난 아름다움은 미셸의 가장 큰 무기였다.

미셸은 한숨을 내쉬며 잔을 비우고는, 잠시 후 일어서서 넋이 나간 표정으로 집안을 여기저기 서성였다. 이 익숙한 공간을 돌아다니고 싶었다. 그리고 레오네의 물건도 하나씩 살펴보았다. 산 관련 서적들, 시가 상자, 탁자 위에 놓인 〈레키프〉*, 벽에 걸린 사실주의 그림들, 수집해놓은 레코드판들…… 레오네가 집에 있을 때면 거실에 늘 음악이 흘렀다. 미셸은 문득 남편이 좋아하던 노래를 병원에서도 듣게 해줘야겠다고 생각했다. 다니 브리앙**을 좋아했지, 그녀가 중얼거렸다. 보나마나 〈사랑이 우리를 행복하게 하네〉를 듣고 싶어할 거야.

방으로 돌아온 미셸은 블라우스로 갈아입으며 카펫의 무늬

---

* 프랑스 스포츠 신문.

** 튀니지 출생 프랑스 가수.

를 뚫어져라 바라보았다. 레오네가 구단주로 있던 FC그르노블의 로고였다. 레오네는 축구 스타 페드로 말라로다를 코치로 영입하겠다는 야심찬 꿈을 꾸기도 했다. 말라로다를 처음 만난 건 그가 나폴리구단 코치로 있을 때였고, 이후 레오네가 병석에 눕기 전까지 두 사람은 밀란에서 있었던 저녁 모임 자리에서 꽤 여러 번 만났다. 최근 말라로다는 한 업소에서 대준 코카인을 복용한 상태에서 무슨 충동이 일었던 건지 서빙하던 직원을 쟁반으로 때려눕혔다. 다분히 다혈질인 남자였다. 레오네는 연봉 외에 다른 특혜를 제공해서라도 말라로다를 이제르*로 데려오고 싶어했다. 하지만 이제 그 아르헨티나인은 알프스 구장의 잔디를 밟을 수도 없게 되었다. 안타까운 일이다. 그가 이곳에 왔더라면 미셸이 이 고장을 대표하는 별미들을 맛보여주었을 텐데. 그리고 말라로다는 분명 루지 경기와 라클레트**, 생마르슬랭 치즈를 좋아했을 것이다.

레오네는 두툼한 입술을 다문 채 매끈한 얼굴로 병원 침대에 누워 있었다. 그의 몸에 연결된 기계들에서 몇 초 간격으로

---

* 프랑스 동남부에 위치한 론알프 지방의 주. 그르노블이 주도(主都)다.

** 같은 이름의 치즈를 녹여 감자 등을 곁들여 먹는 스위스 요리.

소리가 울렸다. 아마도 레오네의 심장박동 신호일 것이다. 미셸은 휘청일 듯 간신히 그에게 다가갔다. 뇌가 아주 느리게 작동하는 느낌이었다.

"레오네……" 미셸은 가만히 그를 불러보았다.

그 순간 미셸은 돌연 자기 자신에게서 빠져나와 마치 영화를 보듯 하얀 방안에 있는 자신을 멀리서 지켜보는 느낌이 들었다. 그녀는 핸드백을 꼭 끌어안은 채 어깨를 웅크리고 있고, 레오네는 복잡한 기계장치들로만 세상과 이어진 채 병상에 누워 있었다. 그녀는 남편의 얼굴로 손가락을 가져다대다가 숨결이 느껴지자 흠칫 놀랐다.

"레오네, 나 왔어." 그녀가 나지막하게 말했다.

대답 대신 생체 신호 모니터의 음산한 곡조만 이어졌다. 조금 전, 혼수상태의 환자에게도 감각이 남아 있으니 자꾸 말을 걸어주라던 간호사의 말이 떠올랐다. 하지만 미셸은 혼잣말이 익숙지 않았다.

"의사들 말로는 당신이 그리 오래 못 버틸 거래. 하지만 난 안 믿어. 의사들이라봐야 별로 아는 것도 없으면서……"

그녀의 목소리가 병실에 울려퍼졌다. 레오네는 지금 보이기는 하는 걸까? 색채나 형태를 볼 수는 있을까? 산이 보이고 그 위에 쌓인 흰 눈이 보일까?

"당신은 원래도 말이 많은 편이 아니었지만, 이젠……" 그녀는 한숨지으며 가방에서 아마레토* 한 병을 꺼냈다.

그러고는 마개를 따서 병째 입에 대고 한 모금을 마셨다. 레오네는 자기 병상 머리맡에서 아내가 술에 취해간다는 사실도 알 수 없으리라. 그가 알면 치를 떨 만한 일이었다. 레오네는 여자들은 조신해야 한다고, 특히 자기 아내는 그래야 한다고 믿었다. 레오네 아캄포라와 결혼한 여자가 자유분방한 모습을 보이는 건 있을 수 없는 일이었다. 언젠가 레오네의 친구 집에 저녁식사 초대를 받아 간 자리에서 미셸이 같은 패밀리의 한 청년과 조금 친근하게 이야기를 주고받다가 난리가 난 적이 있었다. 미셸에게는 절대 잊을 수 없는 일이었다. 미셸은 자기와 같은 나폴리 출신 청년과 고향 얘기를 하다가 나폴리 교외 동네인 스캄피아 이야기가 나와서 신이 났던 것뿐인데, 레오네는 아내가 젊은 남자를 유혹한다고 생각했다. 화가 난 그는 아내의 손목을 움켜쥐고 그 자리에서 끌고 나갔고, 차에 타자마자 턱이 빠질 정도로 세게 따귀를 갈겼다. 그날 미셸은 차 안에서 집으로 돌아오는 내내 울었다.

미셸은 크리넥스를 한 장 뽑아들고 큰 소리로 코를 풀었다.

* 살구나 아몬드 씨로 만드는 이탈리아 증류주.

그 소리에 병실 벽이 흔들거리는 것 같았다. 술 때문에 감각이 확장되면서 세상이 훨씬 더 소란스러워진 느낌이었다.

"당신이 깨어나면 그땐 술 끊을 거야." 미셸이 단호하게 말했다. "당분간만이야. 이 암흑 같은 시간을 지나는 동안만 마실 거라고. 어차피 당신이 이래라저래라 할 처지는 아니잖아. 당신도 물건을 거래하기 전에 꼭 미리 써봤잖아. 안 그래? 설마 내가 아무것도 몰랐을 거라고 생각하진 않지? 동공이 풀리고, 말이 빨라지고, 한곳에 가만있지 못했으면서. 당신은 그럴 때만 정원 일을 했잖아. 매번 잔디를 기가 막히게 빨리 깎았지."

미셸은 욕지기가 이는 듯 블라우스 소맷단으로 입을 닦았다.

"내가 당신 대신 그러고 누워 있었으면 당신은 어떻게 했을까? 늘 내가 다 해줬는데! 당신은 파스타 삶을 줄도 모르잖아. 다행히 딸들이 와서 도와주겠지. 착한 애들이니까. 그래, 난 어떻게든 헤쳐나갈 거야. 지금껏 늘 그래왔듯이 말이야. 당신이 감옥에 갔을 때보다 더 나쁘지야 않겠지. 그땐 어린 애들 챙기고, 사업 챙기고, 당신 면회도 다녀야 했으니까…… 사실 당신이 나보다 먼저 떠나는 게 나아. 디나랑 알레시아한테 짐이 덜 될 테니까."

그 순간 미셸은 부부싸움할 때마다 하던 말을 되풀이하고 있음을 깨달았다. 오래 같이 산 부부는 늘 같은 걸 가지고 싸

운다. 심지어 남편이 죽어 땅속에 묻힌 뒤에도 아내는 무덤 앞에서 똑같은 비난을 끝없이 쏟아낸다. 미셸은 레오네를 향한 책망을 잠시 멈추고 상황을 제대로 판단해보려 애썼다. 사실 좋은 측면도 있었다. 지난 몇 년간 레오네는 알츠하이머 때문에 제정신이 아니었다. 최근에는 빚을 안 갚는 업자의 이름과 자기가 뇌물을 건넨 부시장의 이름을 혼동하기까지 했다. 부시장은 결국 병원에 실려갔고, 소송을 피하기 위해 미셸은 부시장의 아내를 찾아가서 온갖 외교적 수완을 발휘해야 했다. 문제는 조직의 특성상, 일을 제대로 할 수 없는 상태라고 해도 아무도 문제를 제기하지 않는다는 것이다. 이전에는 조직원들이 늙고 병들어 망가질 때까지 오래 살지 못했으니 문젯거리가 아니었지만, 지금은 의학이 발전하고 그들의 사업이 합법적 경제활동으로 둔갑하며 기대수명이 늘어났다. 이 지역의 대부였던 레모 란프레디가 은퇴하거나 건강 문제로 감형을 받고 나온 조직원들을 위해 최고급 요양원을 세우는 훌륭한 생각을 한 것도 그래서였다. 레모 란프레디 자신도 지금 그곳에 가 있고, 레오네 역시 혼수상태에 빠지지 않았다면 그곳에서 말년을 보낼 예정이었다. 편한 실내복 차림으로 포커를 치고 불가리아에서 온 간호사들의 시중을 받아가며 말이다. 하지만 세상일은 예상대로 흘러가지 않는다.

다행히 미셸은 장래를 걱정할 필요는 없었다. 마피아의 미망인들에게는 연금이 나왔고, 평생 특별한 지위가 보장되었다. 조직 내에서 남자는 죽은 뒤에도 살아 있을 때와 똑같이 쓸모 있는 존재였다.

병실에 다시 침묵이 흘렀다. 이따금 복도를 지나가는 응급 카트 소리가 정적을 깨뜨렸다. 창밖으로는 당장이라도 비를 쏟을 듯한 보랏빛 하늘에 시커먼 구름떼가 지나가고 있었다. 미셸은 그 구름들이 마치 현실세계를 증명하는 마지막 물증이라도 되는 양 자세히 관찰했다. 그러다 문득, 수하물 보관소에 짐을 맡겨두고 떠나는 사람들처럼 남편이 이 병실 안에 자기 육신을 두고 떠나버린 것 같았다. 마음이 심란해졌다.

2

잠에서 깨고 나서도 침대에서 뭉그적대지 않으려고 디나는 일부러 허접한 음악만 내보내는 방송에 라디오 알람을 맞춰두었다. 오늘 아침에는 골드*의 노래가 나왔고, 그녀는 벌떡 일어나서 라디오를 껐다. 그러고는 비몽사몽간에 집에서만 입는 트레이닝복을 꿰입고 부엌으로 갔다. 덧창에 걸어둔 온도계가 영상 5도를 가리키고 있었다. 역시나 춥고 비가 내리는 11월의 궂은 날이었다. 난방 조절기의 눈금을 한 칸 올리고 나서 주전자에 물을 붓고 라디오를 켰다. 생테그레브**에서

* 1980년대에 인기 있던 프랑스 록그룹.

은행 강도 사건이 일어났다는 뉴스가 나왔다. 아캄포라 패밀리가 연루된 일일지도 모른다는 생각이 디나의 머릿속을 떠나지 않았다. 어디선가 큰일이 벌어질 때마다 죄책감을 느끼는 건 무척이나 피곤한 일이다. 이어서 날씨 예보가 시작되고, 습도가 높을 거라고 했다. 디나는 라디오를 한 귀로 흘려들으며 오전에 사무실에서 열릴 회의를 생각했다.

안 봐도 뻔했다. 신임 단장 파트리샤가 한 주의 활동 내역에 대해 상세하게 발표한답시고 디브리핑, 벤치마킹, 피드백, 프로세스 등등 잘난 경영대학에서 배운 앵글로색슨 용어들을 늘어놓을 것이다. 다들 눈이 멍해질 때까지 회의가 끝없이 이어질 테고, 동료들은 텅 빈 우주에 내던져진 듯한 공허감을 채우기 위해 무의식적으로 수첩에 낙서를 끄적댈 테고, 뱃속 위장들은 배고프다고 아우성칠 것이다. 디나는 한숨을 내쉬며 찻잔에 담갔던 티백을 건졌다. 실 끝에 매달려 흔들리는 티백을 바라보다가 문득 몇몇 나라에서는 아직까지도 교수형을 집행하고 있다는 생각이 뇌리를 스쳤다.

처음 인도주의 활동에 발을 들인 건 신념 때문이었다. 심리상담사가 지적했듯이, 디나가 이 일을 선택한 것은 아버지가

** 그르노블 북서쪽의 소도시.

하는 일과 정반대라는 사실과 무관하지 않았다. 긴급구호단에서 연구원 일을 시작할 때만 해도 열정이 있었고, 자신의 길을 찾았다는 확신도 있었다. 유용한 일을 하고 있다고, 적어도 은행원이나 홍보 전문가의 일보다는 쓸모 있는 일이라고 믿었다. 하지만 점차 확신이 흔들렸다. 그간 숱하게 작성해온 가난에 대한 보고서들은 비참하게 살아가는 사람들에 대해 세상 모두가 완전히 무관심하지는 않은 것처럼 보이게 만드는 한낱 속임수에 지나지 않았다. 그런 보고서를 읽는 건 한정된 전문가들뿐이었고, 그들은 용어가 적합한지, 수치가 정확한지 등을 꼬치꼬치 따지고 들며 자기들끼리 끊임없이 토론을 벌였다. 그러는 동안 온갖 지표들 뒤에서 정작 비참한 상황에 놓인 사람들은 잊혀갔다. 물론 가끔은 보고서가 어느 지도자의 책상까지 전달되기도 하고, 그 지도자가 보고서에 눈길을 주기도 했다. 하지만 그렇다 해도 세상은 절대 바뀌지 않았다. 결국 디나는 자신의 일에 대한 믿음을 잃었고, 업계 전반에 과민반응을 보이게 되었다. 자신이 맥주 기계의 레버를 조작하는 바텐더처럼 무심하게 보고서를 작성하는 동안 매일 새로운 활력으로 연구 활동에 매진하는 동료들이 부러웠다.

타일 바닥에 놓인 화초들은 전부 시들시들해 보였다. 무화

과나무는 당장이라도 화분에서 튀어나와 세상을 하직하고 싶어하는 것 같았고, 고무나무는 생기를 잃어 푸르죽죽했고, 알로에는 장례식에 온 사람처럼 축 쳐져 있었다. 불쌍한 나무들. 디나는 비타민C 한 알을 삼키면서 화초들한테도 영양제를 줘야겠다고 다짐했다. 그동안 돌봐주던 주인이 이 집을 떠나자 모두 저렇게 된 것이다.

디나는 탁자 위에 굴러다니던 포스트잇과 펜을 집어들었다. 아침에 긍정적인 생각 한 가지를 종이에 적으면서 두뇌를 긍정적인 방향으로 활성화해볼 생각이었다. 여동생 알레시아가 추천한 방법이었다. 알레시아 말로는 그 종이를 주머니에 넣고 다니면 하루종일 그 생각과 함께 다니는 셈이라고 했다. 그러면서 기분에 따라 골라보라며 수많은 문장이 적힌 리스트까지 건네주었다. 예를 들어 잠을 설친 뒤 아침에 일어나 거울을 보는데 얼굴이 엉망이면 이런 문장을 쓸 수 있다. 나는 있는 그대로의 나를 사랑해. 좀더 일반적인 문구들도 있다. 예를 들어, 매 순간이 새로운 출발이다. 알레시아는 마음을 밝게 하고 평정심 유지에 도움되는 소소한 처방을 많이 알았다. 몇 킬로그램이나 되는 마리화나와 코카인을 거래할 때도 나름대로 쓸모 있는 처방들이었다. 알레시아는 심지어 페트병에도 사랑의 구절을 적어두고, 키우는 식물들에다 음악을 들려주는

가 하면, 매주 태극권 수련도 했다. 디나는 당장 눈에 띄는 효과는 없더라도 아무튼 긍정적으로 사고하는 훈련을 해보기로 했다. 사실 마티외와 헤어진 뒤로 힘든 시기를 보내고 있었고, 가장 간단한 방법은 콘센트에 손가락을 집어넣는 게 아닐까 하며 주기적으로 자살을 떠올리기도 했다.

디나는 세상과 화해할 수 있게 해준다는 문장들을 훑어본 뒤, 별다른 확신 없이 펜 뚜껑을 열고 써나갔다. 나는 나를 둘러싼 것들을 긍정적인 눈으로 바라본다. 현대철학을 혼란에 빠트릴 위험이 없는 생각이었다. 그녀의 눈길은 아일랜드 식탁 위 믹서에 가 있었고, 유달리 강렬한 눈빛으로 믹서를 응시했다.

디나는 종이를 주머니에 넣었다. 정말로 이 종이가 파트리샤가 몇번째인지 알 수조차 없을 정도로 아프리카 발전 계획 수립을 위한 유럽연합의 입찰 공고에 대해 하염없이 설명하는 동안 냉정을 유지하게 해줄까? 어차피 지원금은 수많은 중간 개입자들의 배를 불려줄 테고, 정작 그 혜택을 받아야 하는 사람들은 겨우 돈냄새나 맡고 말 게 뻔했다. 어떤 측면에서 관료조직은 마피아와 다를 게 없었다.

열시가 되자 긴급구호단의 전 직원이 회의실의 타원형 테이블에 둘러앉았다. 디나는 빈민 주거지역 전문가인 브뤼노와 영양실조 문제 전문가인 장이브 사이에 앉았다. 두 남자는 콩고에서 열린 심포지엄에 참석했다 막 돌아왔다. 보나마나 최고급 호텔에서 연회도 줄지어 이어졌을 것이다. 그들이 해외 출장길에 미성년자 매춘부를 만나 흥청망청한다는 사실을 긴급구호단 내부에서 모르는 사람이 없었지만, 모두가 모르는 척했다. 인도주의단체 내부에도 마피아 내부와 마찬가지로 침묵의 규율이 존재했다. 단장인 파트리샤에게 가장 중요한 규율은 직원들이 긴급구호단의 이미지를 더럽히지 않는 것이었다. 기부가 끊기지 않도록 말이다. 또한 직원들은 최대한 수익성 높은 시장을 놓치지 말아야 했다. 그 외 나머지는 모두 부차적인 일이었다. 그런 점에서라면 파트리샤는 마피아 조직의 대부들과 완벽하게 합의를 이룰 것이다.

파트리샤는 파워포인트 화면을 띄우기 위해 흰색 스크린을 내렸다. 경영 전문가라는 사람들은 하나같이 발표 내용을 요약해서 화면으로 보여주지 않으면 상대방이 자신의 발표 내용을 이해하지 못한다고 굳게 믿었다. 파트리샤는 커피 젓는 막대를 질겅질겅 씹으면서, 모두 자리를 잡고 앉기를, 의자 삐걱거리는 소리와 수런거리는 소리가 멎기를 기다렸다.

“시작합시다.” 파트리샤가 아이들을 다그치는 엄마 같은 목소리로 말했다. 디나는 그 소리를 들을 때마다 온몸에 털이

쭈뼛 섰다. "오늘의 첫번째 주제는 (그 순간 파트리샤의 등뒤로 화면이 나타났다) 여러 입찰 공고에 대응하는 표준절차를 정하기 위한 특별팀 구성 건입니다."

올해만 벌써 여덟번째로 만들어지는 특별팀이었다. 직원들 모두가 그 팀에 끼지 않기를 빌며 숨죽이고 있었다.

"유럽연합의 입찰 공고에 돈이 가장 많이 걸려 있으니 빠르게 대응해야 합니다." 단장이 말을 이었다. "특히 12월에 시작되는 난민 수용 건에 모두 관심을 기울이기 바랍니다. 그다음은 장이브가 라다크 지역에 농업용 비닐하우스를 만드는 프로젝트에 대해 발언하도록 합시다. 사실 이번에 월릴뤼재단의 혁신상賞을 기대하고 있어요. 그렇게 되면 다음번 광고도 그 건을 주제로 잡을 생각입니다. 그다음엔 각자 진행하고 있는 사업에 대해 차례로 발표하고, 마지막으로 베이루트에서 열릴 차기 인도주의단체 대표회의에서 우리가 전략적으로 어떤 위치를 택할지 토론해봅시다. 이 건물에서 사람들이 가장 많이 오가는 커피자판기 옆에 건의함이 새로 설치된 것도 잊지 말고요!"

회의 테이블에 둘러앉은 사람들 모두가 하나같이 일그러진 미소를 지었다. 디나는 관자놀이에 땀방울이 맺히는 걸 느끼며 아침의 생각을 적어둔 종이를 손에 꽉 쥐었다. 나는 나를 둘러싼 것들을 긍정적인 눈으로 바라본다. 이런 상황에선 불가능한 임무였다. 디나는 친하게 지내는 동료 레슬리에게 고통에 찬 시선을 보냈다. 그때 비서가 문을 빠끔 열고 머리를 들이밀었다. 모두가 예정에 없이 찾아온 손님을 맞거나 긴급한 전화를 받기 위해 이 회의실을 벗어날 수 있을지 모른다는 희망을 품었다.

"아캄포라 씨, 전화 왔어요. 급한 일 같아요."

이번 당첨자는 디나였다!

"잠시 실례하겠습니다." 디나는 서두르는 티를 내지 않으려 애쓰며 일어섰다.

드디어 해방감을 느끼며 그녀는 사무실로 돌아와 수화기를 들었다.

"여보세요?"

"디나, 아버지가 혼수상태에 빠졌어." 전화기 너머로 어머니의 목소리가 들려왔다.

디나는 심장이 조여오는 것 같았다. 입 밖으로 아무 말도 나오지 않았다.

"의사 말로는 고통을 느끼지 못한대. 편안히 가실 거래."

아버지는 바닷가에서 물놀이하는 사람이 추위를 느끼며 조금씩 물속으로 들어가듯 죽음을 향해 가고 있었다. 지금껏 디나는 아버지가 자동차 사고를 당해서든 아니면 총에 맞아서든 아무튼 갑작스러운 죽음을 맞으리라 생각했다. 마피아 남자들은 대개 그렇게 죽었다. 어찌 보면 혼수상태는 행복한 결말이었다.

"우리가 교대로 병원에 가 있어야 해." 미셸이 말을 이었다. "의사 말이, 가족 친지들이 환자 곁을 지키고 있는 게 좋대."

"오늘 저녁에 우리집에 와서 상의하면 어때요?"

"그러자. 알레시아도 오라고 할게."

디나는 계속 멍한 상태로 수화기를 내려놓고는 힘없이 의자 등받이에 기대앉았다. 자신이 있는 곳에서 멀지 않은 병원 침대에 아버지가 누운 모습을, 책상 위의 스테이플러처럼 의식 없이 누워 있는 모습을 떠올렸다. 회의실로 돌아갈 용기가 나지 않았다. 디나는 비서에게 가서 오늘 하루 휴가를 쓰겠다고 알렸다. 그런데 막 사무실을 나서려는 순간, 보이지 않는 어떤 힘이 디나를 붙잡았다. 그녀는 바닥에 깔린 모켓에 다리가 들러붙기라도 한 것처럼 외투걸이 옆에 한동안 그대로 서 있었다. 놀랍게도, 조금 전 회의실에서 파트리샤의 말을 듣는 동안 머릿속에 떠오른 생각이 마침내 명료해졌다. 디나는 망설이며 한번 더 생각했다. 그리고 만일 이 계획을 실행에 옮긴다면 어떤 위험이 닥칠지 자문해보았다. 마침내 결심이 섰다.

그녀는 컴퓨터 앞에 앉아 워드 문서를 열고 글을 써나갔다. 그들은 아프리카에 출장을 가서 미성년자 매춘부들과 밤을 보냈습니다. 만일 징계 조치가 이루어지지 않는다면 일주일 후 언론에 제보하겠습니다. 그녀는 문서를 출력하고 두 번 접은 뒤 새로 설치된 건의함을 향해 단호한 걸음을 옮겼다. 건의함 안으로 종이를 밀어넣고 나자 놀랍게도 안도감이 들었다. 침묵의 규율이라는 족쇄에 묶인 채 자라온 디나는 선을 넘어서는 위반의 감동에 취했다.

디나는 집으로 돌아와 트레이닝복으로 갈아입은 뒤 우편물을 확인했다. 첫번째 편지는 마티외 앞으로 온 것이었다. 봉투에 인쇄된 그 이름을 보는 순간 속이 쓰렸다. 그 야비한 자식은 같은 회사에 인턴으로 온 여자와 바람이 났다. 친구와 영화를 보러 가기로 했던 그날 저녁에 만일 그냥 집으로 돌아오지 않았다면, 그 둘이 함께 집에 있는 장면을 보지 못했다면, 디나는 영영 아무것도 몰랐을 것이다. 알레시아는 그 소식을 듣자 사람을 보내 마티외를 손봐주겠다고 했다. 디나는 동생의 제안을 거절했다. 하지만 그날 이후로 전 남자친구가 야구방망이로 맞아 넓적다리뼈가 박살나는 상상을 멈출 수 없었고, 그럴 때마다 겉으로 말은 못했지만 희열을 느꼈다.

디나는 마티의 앞으로 온 편지를 쓰레기통에 던져버리고 다음 편지를 살펴보았다. 아버지의 공증인이 보낸 편지였다. 무슨 일일까? 편지는 법률용어투성이였고, 아버지가 시멘트회사 지분 대부분을 자신에게 물려준다는 내용이었다. 상당한 액수였다. 아캄포라 패밀리는 산업폐기물로 콘크리트를 생산해서 큰돈을 벌었고, 그 돈을 밑천으로 공공기관에서 발주하는 공사들을 덤핑으로 수주했다. 그렇게 맡은 공사는 다시 불법체류자들을 고용하는 회사들에 하청을 주었다. 작업 현장에서 비계가 무너지는 바람에 세 명이 사망하는 사고도 있었다. 공증인이 보내온 서류를 보면서 디나는 욕지기가 일었다. 마피아는 이익이 생기는 곳이라면 어디든 가리지 않고 파고드는 암적인 존재였다. 그녀의 아버지는 단 한 번도 그것을 범죄라 생각하지 않았고, 그저 경제적 편의주의를 운운했다. 디나는 힘없이 편지를 내려놓으며 자신이 받을 유산을 어떻게 쓸지 생각해보았다. 한 가지는 확실했다. 절대 긴급구호단에는 기부하지 않으리라.

3

알레시아는 일본풍 문양이 있는 가운 차림으로 아일랜드 식탁 앞에 앉아 베르가모트차 향을 음미하며 창밖을 응시했다. 정원 맨 안쪽에 빼곡히 늘어선 나무들은 잎이 다 떨어졌고, 타원형의 작은 연못은 얼어붙었다. 겨울은 그녀가 가장 좋아하는 계절이었다. 알레시아는 겨울의 색채가 좋았고, 소박하고 최소한의 것만 남은 풍경이 좋았다. 그녀는 초연한 태도로 펜 뚜껑을 열고 메모장에 적었다. 나는 오늘 하루 동안 일어나는 사건들을 반갑게 맞는다. 그러고 나서 메모지를 뜯어 찻잔 옆에 놓고, 종이에 적힌 생각을 받아들이려고 노력했다. 하지만 시테드 라베이*에서 유행하는 랩 음악 뮤직비디오에나 나옴직한 옷을 입은 150킬로그램의 돼지 같은 흑인 아왁스 루암바가 자꾸 생각나서 도무지 집중이 되지 않았다.

그르노블에 가장 먼저 자리를 잡은 건 이탈리아인들이었다. 그리고 그르노블이 '돈 되는 곳'이라는 명성을 얻게 된 것도 이탈리아인들 덕분이었다. 하지만 언제부터인가 아프리카인들이 대마초 거래 시장을 잠식해 들어왔고, 이제 전체 거래의 절반 가까이가 그들의 수중에서 이루어졌다. 이탈리아 마피아 조직이 늙은 세대에서 젊은 세대로 교체되는 사이의 혼란을 틈타 루암바가 알짜배기를 차지해버린 것이다. 나이든 마피아들은 그 콩고인을 멸시했지만, 그가 원숭이처럼 약삭빠르다는 사실만은 모두 인정했다. 알레시아는 루암바에게 암페타민 시장에 관한 협정을 제안하고 나흘째 답을 기다리는 중이었다. 그 멍청한 놈이 자기가 무슨 대단한 인물이라도 되는 줄 아는 걸까? 알레시아는 왠지 루암바가 고분고분하지 않을 것 같다는 예감이 들었다. 루암바가 끝내 제안을 거절하더라도 전에 언젠가 조무래기 마약상 한 놈의 머리통을 샤워기로 박살냈을 때처럼 즉각적으로 대응하지는 않기로 다짐했다. 그러자 마음이 곧 가벼워졌다. 조직 내에서 더 높은 자리

---

* 그르노블에 1931년 건설되어 2016년 재개발이 결정된 저가 주택단지.

로 올라가려면 충동을 자제할 줄도 알아야 한다. 이 세계에서는 공포심을 심어주는 것도 중요하지만, 동시에 신뢰와 존경도 얻어야 하기 때문이다.

그때 천천히 계단을 내려오는 아이들의 발소리가 들렸다. 아이들은 엄마의 볼에 건성으로 입을 맞춘 뒤 각자의 잔 앞에 앉았다. 알레시아가 두 아이에게 코코아를 따라주고 버터 바른 빵을 주었다. 마테오는 열여섯 살, 루이자는 열세 살이지만, 알레시아는 두 아이를 여전히 어린아이처럼 대했다. 알레시아도 어쩔 수 없었다. 뭐든지 맞서 싸울 수 있지만, 모성 본능만은 예외였다.

"오렌지주스 줄까?"

아이들은 고개를 끄덕이고는 게걸스레 먹어대기 시작했다. 마테오도 루이자도 엄마가 실제로 무슨 일을 하는지 알지 못했다. 그녀의 아버지가 그랬듯이 알레시아도 일과 가정을 철저히 분리했다. 하지만 마테오는 언젠가 그녀의 셔츠에 묻은 핏자국을 본 뒤로 분명 의심을 품기 시작했을 터였다. 차라리 전부 털어놓는 게 나을까 하고 알레시아는 자문했다. 만일 제 엄마가 마약상이라는 사실을 알게 되면 마테오는 어떤 반응을 보일까? 능숙하고 교육적으로 사실을 알려줄 방법이 없을까? 불행히도 심리상담교사를 찾아가 조언을 구할 수는 없었다. 프랑수아즈 돌토*라면 이런 질문에 대한 조언이나 해답을 내놨으려나?

알레시아가 문득 정신을 차리고 보니, 오렌지를 껍질까지 압착하고 있었다. 유리창 너머에는 새 한 마리가 날아와 그녀가 테라스 옆 개암나무 가지에 매달아둔 비곗덩어리를 부리로 쪼아대고 있었다.

“오늘 저녁엔 엄마가 태극권 하러 가.” 알레시아는 오일클로스 식탁보 위에 주스잔을 내려놓으며 말했다. “학교에 다녀오면 아빠가 집에 계실 거야. 피자 만들어 먹으면 돼.”

잠시 후 알레시아는 마테오와 루이자를 학교 앞에 내려준 뒤 마레샬포슈대로로 접어들었다. 그 시간이면 늘 교통체증이 심했다. 요즘 자전거를 타고 다닌다던 디나의 선택이 옳았다. 하지만 자전거를 타고 거래처들을 돌아볼 수는 없었다. 지역 마약거래상들 눈에 자전거를 타고 다니는 사람은 사륜구동차 혹은 배기량이 큰 차를 몰고 다니는 사람과 같은 부류에 속하지 않았다. 하물며 그녀는 여자였기에, 그런 식으로 튀는 행동은 피해야 했다. 그렇다고 불평할 수도 없었다. 이탈리아

* 프랑스의 아동정신분석가(1908~1988). 많은 저서를 펴내고 양육 상담 라디오방송을 진행했다.

에서라면 마피아가家 여자는 남자를 대동하지 않고는 회합에 참석할 수조차 없었다. 알레시아는 약속 장소에 남편 티에리를 데리고 가면 어떨지 상상해보았다. 분명 그가 기절하지 않도록 손을 꼭 붙잡고 있어야 할 것이다.

알레시아는 버스전용차선으로 들어가 액셀을 밟았다. 카페에 들러 카운터 자리에서 얼른 에스프레소 한 잔을 마시고 싶었지만, 늦어도 십 분 후엔 약국 문을 열어야 했다. 절대 늦어선 안 된다. 약이 떨어진 중독자들은 기다리는 걸 죽기보다 싫어했다.

흰색 가운을 입은 알레시아는 보건 분야 전문가답게 매끈하고 믿음직해 보였다. 그녀는 약국 진열대들을 살펴보면서 새로 나온 시럽 기침약 광고판을 어디에 세울지 궁리했다. 입구 쪽 칫솔 코너 옆에 세워두면 손님들 눈에 가장 잘 띌 것 같았다. 머지않아 비인두염, 편도염, 독감의 계절이 시작될 것이다. 분지 지형인 이 도시는 오염물질이 빠져나가지 못해 병원균이 자라나기에 최적의 환경이었다. 알레시아는 아세롤라 정제와 자작나무 수액도 미리 준비해두기로 했다. 매해 늦가을에 접어들 즈음이면 그녀는 약국 손님들에게 면역력 증진을 위한 예방요법을 권했다. 위장용이기는 하지만 알레시아는 이 일을 좋아했다. 어릴 때 삼촌이 배에 총을 맞은 동료에게 응급처치를 해주는 모습을 본 날, 알레시아는 의학 분야에 종사하기로 결심했다. 고등학교를 졸업하고 의대에 갔다가 약학으로 전공을 바꿨다. 약국 같은 번듯한 매장을 가지고 있으면 사업상 이점이 많다는 사실을 재빨리 알아차린 것이다.

자동문이 열리며 소니가 들어왔다. 형광 노란색 운동복 차림이라 금세 눈길을 끌었다. 소니는 스무 살쯤 되어 보이는 청년으로, 길고 마른 몸, 각진 얼굴에 옆머리를 귀 위쪽까지 민 헤어스타일을 하고 있었다. 분명 태어날 때부터 멍청이였으리라. 소니가 껄렁하게 껌을 씹으며 판매대로 다가왔다.

"동종요법* 약 사려고요."

'동종요법 약'이란 코카인을 뜻하는 암호였다. 코카인 가루는 벨라도나, 실리세아 혹은 세피아 약제로 둔갑되었고, 희석 정도에 따라 9CH, 7CH 또는 5CH**로 분류했다. 알레시아는 곁눈질로 약국 안을 살폈다. 직원 카롤린은 올리브유와 석회수로 만든 로션을 선반에 정리하고 있었고, 여자 손님 한 명이

* 질병의 원인과 유사한 소량의 물질로 증상을 치유하려는 대체요법 중 하나. 주로 천연물에서 추출한 제재들을 사용하며, 프랑스에서는 약국에서 판매되어 비교적 널리 통용되고 있다.

** 동종요법에서 희석 정도를 나타내는 단위. 1CH는 100배로 희석된 상태다.

수면제 갑에 적힌 글자들을 뚫어져라 읽고 있었다.

"잠깐 기다려요."

알레시아는 사무실로 들어갔다. 탁자와 편안한 안락의자, 수납장 하나로 꽉 차는, 창문 없는 10제곱미터의 공간이었다. 수납장에는 산탄총과 권총이 가득 들어 있었다. 벽에 붙은 인체 경혈도經穴圖를 들추자 가려져 있던 금고가 나타났다. 알레시아는 색색의 약통이 든 상자 하나를 집어들고 판매대로 돌아왔다.

"반응이 어떤지 말해줘." 그녀가 작은 목소리로 속삭였다. "새로 들어온 물건이야. 이걸 해보면 이 구역 중독자들이 전부 우리한테 몰려올 거야."

소니는 약의 무게를 가늠해보면서 살짝 웃더니 곧바로 약국을 나섰다. 조금 전 알레시아가 세워놓은 광고판에는 눈길도 주지 않았다. 알레시아는 카롤린을 의식하며 흘깃 바라보았으나 카롤린은 아무것도 못 듣는 척하는 데 이미 익숙했다.

"카롤린, 난 뒤에 가서 주문 좀 넣을게요." 알레시아가 말했다. "손님 좀 받아줘요."

사무실에 들어간 알레시아는 긴장을 풀기 위해 의자 등받이에 머리를 기댄 채 눈을 감았다. 그리고 머릿속으로 앞으로 처리해야 할 일들의 목록을 작성했다. 우선 루암바에게 전화를 걸어 내일까지 답을 달라고 압박할 것. 다음엔 마르세유의 공급책 마리오니를 닦달해서 수부텍스*와 메타돈** 주문량을 배로 늘릴 것. 최근엔 날씨가 안 좋아 모두들 컨디션이 바닥을 쳤다. 그리고 마테오의 치과 진료를 예약하고, 어머니에게 전화해서 아버지의 상태도 확인해야 했다.

알레시아는 의자 깊숙이 몸을 묻고 머리를 비우려 애썼다. 그동안 그녀는 마피아 사업과 약국 일, 그리고 가정까지 챙기며 진정한 여성 경영자가 되었다. 다행히도 조직력 하나는 타고났고, 그 덕에 시간을 쪼개 긴장을 풀기 위한 나름의 비법으로 매주 태극권과 요가 수련까지 해왔다.

아무리 생각해도 약국을 연 건 훌륭한 생각이었다. 아버지 세대가 돈세탁을 위해 생로랑 강변로에 늘어선 스무 곳 남짓한 피자집들을 이용하던 것에 비하면 분명 훨씬 영리한 방법이었다. 그르노블 사람들 중에 그 피자집들이 어떤 용도로 쓰이는지 모르는 사람이 없었지만, 약국은 달랐다. 오 년 전 그녀가 약국을 차리겠다고 하자 레오네는 천재적인 생각을 해낸

* 마약성 진통제 부프레노르핀의 상품명.

** 헤로인 등의 중독 치료에 사용되는 마약성 진통제.

딸을 자랑스러워하며 기꺼이 돈을 대주었다. 약국이라니! 그로서는 절대 하지 못한 생각이었다. 이제 이 지역 중독자 중에 알레시아의 약국에 가면 물건을 구할 수 있다는 사실을 모르는 사람이 없었다. 약국은 마약 거래에 적합한 장소였다. 알레시아가 한동안 상념에 빠져 있을 때, 전화벨이 울렸다.

"알레시아, 나다." 어머니였다.

알레시아는 불길한 예감에 사로잡혀 벌떡 일어나 자세를 고쳐 앉았다.

"아빠는 좀 어때요?"

"오늘 아침에 혼수상태에 빠졌어."

"이런……"

"대책을 세워야 할 것 같아. 오늘 저녁에 디나네 집에서 저녁을 먹기로 했는데, 올 수 있니?"

"알겠어요, 일곱시쯤 갈게요."

수화기를 내려놓은 알레시아는 책상 위에 팔꿈치를 괴고서 한동안 움직이지 않았다. 가만히 앉은 채 가슴속으로 들어오는 공기의 흐름에 집중하면서 심호흡을 했다. 그러고는 아침부터 주머니 속에 소중히 지니고 다닌 메모지를 꺼냈다.

나는 오늘 하루 동안 일어나는 사건들을 반갑게 맞는다.

하지만 화가 치밀어올랐다. 그녀는 탁자 위에 널려 있던 처방전 더미를 밀쳐서 허공에 날려버렸다. 오늘 저녁 태극권 수업에 빠져야 하다니……

4

미셸은 병실의 안락의자에 앉아 코를 골고 있었다. 그때 노크 소리가 세 번 들려왔다. 레오네의 가장 친한 친구 베르나르였다. 두 남자가 알고 지낸 지는 오십 년이 넘었고, 아캄포라 가족에게 베르나르는 식구나 다름없었다.

"미셸, 내가 방해한 거 아니죠?"

"아니에요." 잠이 덜 깬 미셸이 정신을 차리려 애쓰며 대답했다. "들어와요. 와줘서 고마워요."

베르나르는 마치 환자를 깨울까봐 염려하듯 조심스럽게 문을 닫았다. 그는 벗어진 머리에 헌팅캡을 썼고, 콧수염이 흡사 빗자루처럼 억세 보였다. 셔츠 목깃 위와 귀 주변에 희끗희끗한 털이 나 있었다.

베르나르는 침울한 눈빛으로 친구 앞에 가만히 섰다.

"불쌍한 친구 같으니……" 그가 탄식하듯 말했다.

베르나르의 묵직한 손이 미셸의 어깨에 놓였다. 그 순간 두 사람은 동시에 서로 한때 연인이었던 사실을 떠올렸다. 이미 오래전에 깊이 묻어버린 일이지만, 뜨거운 사랑의 추억은 여전히 남아 있었다.

두 사람의 관계가 처음 시작된 건 레오네가 사업차 이탈리아에 가 있는 사이 베르나르가 정원 일을 도와주러 왔을 때였다. 미셸은 잔디를 깎아준 베르나르를 위해 냉장고에서 맥주를 꺼내 왔고, 두 사람은 함께 테라스의 안락의자에 앉아 정지된 듯 미동조차 없는 측백나무 산울타리를 바라보았다. 그 계절이면 녹색과 노란색을 띠는 산 풍경이 저멀리 펼쳐졌고, 땡볕이 내리쬐고 숨막히게 더웠다. 그르노블은 대기 순환이 잘 되지 않는 분지 지형이다. 베르나르의 검지가 한순간 미셸의 손을 스쳤고, 그들은 약속이나 한 듯 거실로 달려갔다. 그리고 아이들이 학교를 마치고 돌아오기 전 소파에서 급히 사랑을 나누었다. 그후로 레오네가 멀리 떠나 있을 때마다 같은 일이 반복되었다. 마치 레오네와 그들 사이에 확실한 경계선이 그어져 있어야만 서로의 몸을 더듬을 용기를 낼 수 있었던 것 같다. 그래서 레오네가 더이상 출장을 떠나지 않게 되자 두 사람의 밀회는 저절로 끝났다. 레오네가 이 사실을 알면 어떻게 될지 두 사람 다 너무나 잘 알고 있었기 때문이다.

"의사 말로는 가장 편안하게 죽음을 맞는 거래요." 미셸이 말했다.

"얼마나 더 버틸 수 있대요?"

"정확히는 모르죠. 오래가진 못한대요."

"불쌍한 친구 같으니……" 베르나르는 같은 말을 되뇌었다. "당신은 괜찮아요?"

"아직 실감이 안 나요."

베르나르는 비탄에 젖은 얼굴로 고개를 끄덕였다. 레오네에게 한 점 비밀도 없는 건 아니지만, 그래도 그에게 레오네는 형제나 다름없었다. 같은 고등학교를 다녔고, 같은 농구팀에서 호흡을 맞췄으며, 알프 뒤에즈와 상루스와 세트로의 스키장 슬로프를 함께 누비고 다녔다. 레오네 역시 베르나르를 단 하나뿐인 진정한 친구로 여겼다. 레오네에게 베르나르는 믿을 수 있는 유일한 존재였다. 같이 일하는 동료들은 언제 그의 등에 칼을 꽂을지 알 수 없는 사람들이었다. 베르나르는 꽃집을 운영했고, 마피아 세상과 전혀 관련이 없는 사람들이었다. 그래서 레오네는 베르나르만은 신뢰하고 거리낌없이 뭐든 털어놓을 수 있었다. 레오네가 병상에 눕기 전까지 두 사람은 주말마다 산간 호수를 찾아다니며 함께 낚시를 했고, 겨울에는 크로스컨트리스키를 즐겼다.

미셸은 자꾸 입이 마르고 관자놀이가 지끈거렸다.

"그저께만 해도 통화를 했는데……" 베르나르가 다시 입을 열었다. "좀 횡설수설하긴 했지만 정신은 멀쩡한 것 같았어요. 전에 했던 약속을 꼭 지키라고 확인하기까지 했으니까."

"무슨 약속을요?"

베르나르가 점퍼 주머니를 뒤지더니 봉투를 꺼냈다.

"처음 발병 사실을 알고는 나한테 일을 하나 부탁했거든요. 나중에 더이상 가망이 없다고 판단되거든 편지 한 통을 동물보호협회에 보내고, 이 편지는 당신한테 전해주라고."

"동물보호협회에요?"

"아마 기부를 하려는 것 같아요."

"놀랄 일은 아니네요. 최근 들어 가족보다 개들한테 더 관심을 쏟았으니까. 그런데 이건 뭐죠? 유언장인가요?"

"글쎄요. 어쨌든 동물보호협회에 꼭 먼저 편지를 전하고 나서 이 편지를 당신에게 주라고 했어요. 당신이 이걸 읽을 때 꼭 곁에 있어달라고도 했고. 매우 중요한 일 같더군요. 유언 같아요."

미셸은 미동도 없이 누워 있는 남편을 불안한 눈길로 바라보며 편지를 받아들었다. 그리고 봉투를 뜯어 파란색 잉크로 쓴 글씨가 빼곡한 종이 한장을 꺼냈다. 미셸은 떨리는 마음을 달래며 편지를 읽어나갔다.

미셸,

당신이 이 편지를 읽고 있다면 나는 이미 죽었거나 죽음이 임박한 상황이겠지. 나는 행복하게 세상을 떠나니까 너무 슬퍼하지 말길 바라. 당신은 훌륭한 어머니였고 사랑스러운 아내였어. 내가 집을 비운 날이 많았어도 당신은 나를 배신하지 않았지. 다 알고 있어. 출장을 떠날 때마다 사람을 붙여 당신을 지켜보게 했거든. 다른 여자 같으면 아무 남자 품에나 안겼을 텐데. 남편과 가장 친한 친구의 품도 나쁠 것 없고. 하지만 당신은 그러지 않았지! 우리는 천생연분인 거야. 살아서 그랬듯이 죽어서도 떨어질 수 없는 사이 말이야. 그래서 난 당신과 함께 떠나기로 했어. 모든 걸 알아서 처리해줄 사람 하나를 고용했어. 당신이 이 편지를 읽을 때면 베르나르가 이미 다른 편지를 전하고 왔을 거야. 그 사람에게 계획을 실행할 때가 왔음을 알리는 편지이지. 베르나르는 언제나 헌신적인 친구였는데. 나 대신 고맙다고 전해줘. 모두 다 잘될 거야. 우리는 며칠 뒤면 다시 만날 거야. 그 옛날 외국에서 만나 연애하던 때처럼. 기억하지? 이번엔 내가 먼저 짐을 풀어놓고 당신을 기다릴 호텔 주소를 미리 알려줄 수 없지만, 우린 분명 천국 어디에선가 재회할 거야. 어서 당신 곁에 영원히 머무르고 싶어.

사랑해.

레오네

추신. 내가 고용한 사람이 절대 당신이 고통스럽지 않게 끝내주기로 했어.

추가 추신. 딸들을 위한 일도 다 처리해놓았어. 디나에겐 시멘트회사 주식을 물려주기로 했고, 알레시아한테는 사업을 도와주기로 한 사람한테서 곧 전화가 갈 거야.

미셸은 멍한 눈을 들어 남편을 바라보았다. 레오네는 일요일에 텔레비전으로 에프원 경기 중계방송을 보다가 잠들었을 때처럼 미동도 없었다. 미셸은 자신이 읽은 내용을 믿을 수 없었다. 술을 너무 마셔댄 탓인지도 몰랐다. 피가 머리로 쏠리며 현기증이 일었다.

"괜찮아요?" 베르나르가 물었다.

미셸은 베르나르에게 편지를 건네준 뒤, 여전히 멍한 상태로 화장실로 달려갔다. 그녀는 화장실 문을 걸어 잠그고는 수도를 틀어 얼음처럼 차가운 물에 얼굴을 적셨다. 이제 그만 현실로 돌아가야 했다. 미셸은 고개를 들어 거울에 비친 자기 모습을 보았다. 젖은 머리카락에서 물이 흘러내렸다. 화장이 지워져서 푸르죽죽한 선들이 홀쭉해진 뺨 위로 가늘게 흘러내렸다. 미셸은 악몽을 꾸고 있다고 생각했다. 그리고 심호흡을 크게 한 번 하고는 다시 병실로 향했다. 베르나르는 얼굴이 벌겋게 달아오른 채 두 주먹을 꽉 쥐고서 이마를 감싸고 있었다. 편지는 바닥에 떨어져 있었다. 미셸은 편지를 주워 들고 다시 집중해서 읽어보았다. 낱말들을 하나하나 따로 떼어서, 그리고 낱말들이 모여 만들어낸 문장들의 뜻을 이해하려 애쓰며 읽어나갔다. 하지만 만년필로 눌러쓴 편지 내용은 전과 같았다. 남편이 이런 일을 할 수 있는 사람이었나? 그렇다. 충분히 그럴 수 있는 사람이었다……

예전에 베르나르와 잠자리하면서 미셸은 만일 남편이 알면 관습대로 두 사람 모두 눈에 총알이 박힌 채 죽게 될 거라고 생각했다. 심지어 그런 확신이 베르나르와의 만남에 특별한 자극이 되기도 했다. 사실 킬러를 고용하는 건 기업 인사 책임자가 직원 한 명을 해고하는 일만큼이나 레오네에겐 일상적인 일이었다. 다만 방법이 좀더 거칠고 절차가 덜 번거로울 뿐이었다. 분명 레오네의 수첩에는 숙련된 전문 킬러들 명단이 전부 있었을 것이다. 그는 원래 성미가 사나웠고, 알츠하이머에 걸린 후로는 한층 종잡을 수 없었다. 병원에 입원하기 직전에는 집 열쇠를 찾지 못하자 권총으로 잠금장치를 날려버리기도 했다.

베르나르는 털썩 주저앉았다. 그리고 마치 우스꽝스러운 장난감을 쳐다보듯 자기 두 손을 바라보았다.

"다른 편지도 당연히 전달했겠죠?" 미셸이 물었다.

"여기 오기 전에 들렀어요." 그가 훌쩍이며 대답했다. "동물보호협회 사람 말로는 레오네의 뜻대로 곧바로 털이 빳빳한 닥스훈트를 찾는 공지를 올리겠다고……"

"그게 킬러에게 작전 수행을 지시하는 신호겠네요."

"난 정말 짐작도 못했어요. 맙소사, 내 손으로 당신을 죽이는 꼴이 되다니……"

베르나르가 울분을 참지 못하고 레오네가 누운 침대의 철제 난간에 거칠게 이마를 찧었다. 미셸은 그의 손목을 잡고 일으켜세웠다. 두 사람은 한참 동안 얼이 빠진 상태로 마치 그들을 조롱하듯 평온하게 잠들어 있는 레오네를 바라보았다. 갑자기 베르나르가 레오네에게 달려들어 주먹으로 얼굴을 후려치려 했다.

"그만둬요! 아무 소용 없어요." 미셸이 소리쳤다.

베르나르는 숨이 턱끝까지 차오른 권투선수처럼 헐떡였다. 창밖의 하늘이 갑자기 어두워지면서 창유리에 가느다란 빗방울이 떨어지기 시작했다. 미셸은 한동안 침대 옆 협탁을 응시했다. 그곳에 누군가 가져다둔 몽셰리 초콜릿 상자가 놓여 있었다.

5

오후에 슈퍼마켓의 진열대 사이를 거닐던 디나는 자신의 삶에서 삐걱대고 있는 것들을 떠올려보았다. 짝을 찾지 못했고, 자기 일에 대한 신념을 잃었고, 아버지는 혼수상태에 있었다. 물론 더 힘든 상황에 놓인 사람들도 많다. 언제나 더 처지가 안 좋은 사람들이 있게 마련이고, 그 사실을 떠올리는 건 인간들이 위안을 얻는 전형적인 방법이다. 하지만 그날은 노숙자, 가정폭력 피해 여성, 암환자 등을 떠올려보아도 별 도움이 되지 않았다. 아무리 애써도 디나는 자신의 운명을 받아들일 수 없었다. 게다가 그 고약한 저녁식사 자리를 위해 뭘 차려야 할지도 막막했다. 신선식품 진열대 앞을 이미 네번째 지나고 있었고, 카트에는 상세르 포도주 한 병만 덩그러니 놓여 있었다. 집에 손님이 오는 날 메뉴를 정하는 일은 늘 고역이다. 물론 다른 때보다 쉽게 떠올릴 수 있는 날도 있다. 예를 들어 생일날이면 최소한 케이크가 있어야 하고, 축구 경기를 보는 날에는 피자와 맥주가 제격이라는 것쯤은 누구나 안다. 하지만 가족 한 사람이 혼수상태에 빠져 모인 날은? 그야말로 오리무중이 아닌가. 크넬*? 블루테**? 환자가 좋아하던 음식? 정해진 규칙도 없고, 신경쓰는 사람도 없다. 집에서 발륨*** 한 알을 먹고 나왔어야 했다. 그러면 떠오르는 대로 아무 고민 없이, 설사 저녁으로 돼지 족편을 먹게 된다 해도 그냥 사버릴 것이다.

불안증에 잠식되기 시작한 디나는 구명튜브에 매달리는 심정으로 카트를 움켜쥐고 눈을 감았다. 슈퍼마켓 안에 흘러나오는 음악이 마치 붕붕거리는 꿀벌떼 소리 같았다. 그녀는 한동안 그대로 있었다. 통조림 진열대 앞에 여전히 멍하니 서 있는데, 남자 목소리가 들렸다.

---

* 간 고기나 생선, 버터와 밀가루 등을 둥글게 빚은 후 삶아 소스를 곁들이는 요리.

** 생크림과 달걀노른자 등으로 만드는 부드러운 수프.

*** 신경안정제의 일종.

"괜찮아요?"

정신을 차린 디나의 눈앞에 웨이브 금발머리에 강물처럼 푸른 눈을 가진 남자가 서 있었다. 사십대로 보였고, 다부진 어깨와 곰덫을 닮은 커다란 턱까지, 광고에나 나올 법한 외모였다. 이렇게 멋진 남자는 늘 최악의 상황에서 만나게 된다. 마티외와 처음 마주친 것도 치과에서 사랑니를 뽑고 나오던 날이 아니었던가? 그 인간이 쓰레기 같은 놈이라는 걸 일찍이 알아챘어야 했는데.

"괜찮아요, 고마워요." 디나는 정신을 가다듬으려 애쓰며 대답했다.

그러다 문득 자신이 후줄근한 트레이닝복 차림이라는 사실을 떠올렸다. 귀찮아도 갈아입고 나왔어야 했다는 후회가 밀려왔다.

"얼굴이 몹시 창백하네요." 남자가 그녀를 살피며 말했다.

"에어컨하고 음악소리 때문이에요." 디나는 자기 상태를 설명하려 애썼다.

"음악소리 때문에……" 남자는 음악에 귀기울이며 디나의 말을 되받았다.

그는 넓은 슈퍼마켓을 가득 울리며 스피커에서 쏟아져나오는 소리가 그저 과하게 활기찬 댄스음악이라는 정도만 인지

하는 것 같았다. 남자는 커다란 금속 격자 카트 안에서 쓸쓸히 굴러다니는 상세르 포도주병을 힐끗 내려다보았다.

"목록을 써서 와야죠." 그가 불쑥 한마디를 내뱉었다.

"네?"

"식료품 창고가 비어가면 살 것들을 미리 적어둬야 해요. 그러면 장을 볼 때 뭘 사야 할지 고민할 필요도 없고, 잊어버리고 못 사는 것도 없죠. 당신은 그렇게 안 할 것 같지만."

디나가 어리둥절한 표정으로 남자를 바라보았다.

"좀 특별한 식사 자리라서 어떤 메뉴가 좋을지 고민중이었어요."

"어떤 식사 자리인데요?"

"가족 모임요. 아버지가 혼수상태가 되셨거든요."

"아…… 힘들겠네요."

남자는 상심한 듯한 표정으로 진열대에서 카술레* 통조림을 집어들었다.

"흰강낭콩이 그런 소식을 소화하는 데 도움이 될 것 같진 않은데요." 디나가 말했다.

"그렇겠군요."

* 흰강낭콩을 기본으로 다양한 고기와 야채를 넣어 만드는 스튜 요리.

남자는 마치 자기 일을 고민하듯 생각에 잠겼다.

"따라와봐요."

그는 단호하게 디나의 카트를 잡아 밀며 중앙 통로를 지나 냉장식품 진열대 쪽으로 향했다. 디나는 아무 말 못하고 얼떨결에 종종걸음으로 그를 따라갔다. 아직도 이렇게 남을 도와주는 사람이 있다는 사실이 놀랍기만 했다.

"그런 경우에 사람들은 가볍게 먹고 싶지 않을까요?" 남자가 말했다. "나라면 흰 살 고기를 준비하겠어요. 닭고기 같은 거요."

"닭고기." 남자의 제안에 꽉 막혔던 머리가 뚫리기라도 한 듯 디나는 남자의 말을 곱씹었다.

"닭고기는 어느 때나 무난해요. 회색 스웨터처럼 다 잘 어울리죠."

남자가 일러주는 닭고기의 장점을 들으며 디나는 능란하게 카트를 몰고 가는 그의 튼튼한 두 팔을 바라보았다. 잠시 후 남자는 정육 코너에 멈춰 서더니 전문가 같은 표정으로 랩으로 포장된 생닭들을 하나하나 살펴보았다. 뭐든 잘 아는 척하면 여자들의 환심을 살 수 있다고 믿는 남자들처럼 말이다. 그리고 그중 몇 개를 손에 들고 무게를 가늠해보기도 하고, 라벨을 확인하기도 했다. 마침내 그는 마음을 정한 듯 통통한 닭

한 마리를 디나에게 건넸다.

"이걸로 해요."

"고마워요."

"천만에요. 대단한 일도 아닌데요."

"큰 도움이 됐어요."

"물에 빠진 사람을 구한 것도 아닌데요, 뭐. 그래도 좋았겠지만."

"물에 빠진 걸 구해준다고요?"

"네."

디나는 믿을 수 없었다. 하늘에서 떨어지듯 갑자기 나타난 남자가 추파를 던지고 있었다. 흐트러진 트레이닝복 차림이 제법 멋이 났던 걸까? 디나는 또 한번 남자와 눈이 마주쳤고, 문득 바로 이런 남자를 만났어야 했다는 생각을 했다. 거의 투명에 가까운 눈빛에, 몸이 다부진 남자, 장 볼 목록을 미리 준비하고 언제든 적극적으로 나설 줄 아는 남자 말이다. 운명처럼 그런 남자가 눈앞에 나타났다. 그 순간 디나는 자신이 닭고기를 힘껏 끌어안고 있단 걸 깨달았다. 당황한 그녀가 닭고기를 포도주 옆에 내려놓았다.

"마르퀴스라고 해요." 남자가 말했다.

"디나예요."

"같이 뭐라도 한잔할래요?"

디나는 어디라도 따라갈 것 같았다. 무인 빨래방이나 자동차 판매 대리점에 가자고 했어도 따라나섰을 것이다.

계산을 마치고 나서자 출입구 자동문이 양쪽으로 열렸다. 슈퍼마켓 밖에는 사람들이 진지한 표정으로 머캐덤도로 위를 구둣발소리를 내며 걷고 있었다. 젊은 펑크족 남자가 개를 데리고 환기구에 올라앉아 구걸하고 있었지만, 아무도 눈길을 주지 않았다. 디나는 자신의 어머니를 떠올렸다. 어머니가 있었으면 보나마나 지폐 한 장을 주었을 테고, 저 젊은 남자는 그 돈으로 하루를 먹고살 수 있을 것이다. 미셸은 거리에서 구걸하는 사람이 보이면 무조건 돈을 꺼내주었다. 구호단체들에도 정기적으로 기부를 했다. 아버지 레오네가 뭔가 더러운 사업을 벌이면, 얼마 지나지 않아 적십자사 혹은 가난한 이들의 형제들, 세계의 의사들 같은 단체들에 아캄포라 패밀리 이름으로 거액의 수표가 전달되었다.

디나와 마르퀴스는 가장 가까운 카페에 들어갔다. '처갓집'이라는 엉뚱한 이름에 잘 어울리는, 가볍게 술도 마실 수 있는 곳이었다. 물론 맥주를 한잔하고 싶은 사람들이 처갓집에 가고 싶을 리는 없겠지만. 마르퀴스는 창가 자리를 골랐고, 디나는 긴 의자에 자리잡으며 장 본 물건들을 옆의 빈자리에 내려놓았다. 카운터 자리에서는 보안요원 복장을 한 수염이 덥수룩한 남자가 버터 햄 샌드위치를 먹고 있고, 헐렁한 아프리카 전통의상 위에 겨울 점퍼를 걸친 흑인 둘이 마권을 맞추고 있었다. 그들 앞에서는 주인 여자가 레몬을 얇게 저미며 가장 좋은 자살 방법을 하나씩 떠올려보고 있는 듯했다. 마르퀴스와 디나는 각각 커피와 자몽주스를 시켰다.

마르퀴스는 단추를 풀어놓은 셔츠 안에 가슴근육이 잘 드러나는 회색 티셔츠를 받쳐 입고 있었다. 전문적으로 운동을 하는 사람 같았다. 어쩌면 수영선수거나, 아니면 테니스선수일지도 몰랐다. 자세히 보면 왼팔보다 오른팔 근육이 조금 더 굵었다. 디나는 그가 건강하게 살아가는 남자라고, 운동이라면 진저리를 내면서 맥주와 말보로 레드 담배만 즐기던 마티외와는 정반대일 거라고 생각했다.

서빙 직원이 그들 앞에 음료를 놓고 갔다.

"아버지는 어쩌다 그렇게 되셨어요?" 마르퀴스가 작은 봉지에 든 설탕을 커피에 부으며 물었다.

"알츠하이머예요. 괜찮으면 다른 얘기를 해도 될까요?"

"이해해요. 미안합니다."

"슈퍼마켓에서 뭘 살지 몰라 망설이는 여자들을 자주 도와주나요?"

"전혀요. 당신이 너무 어쩔 줄 몰라하는 것 같길래……"

"누가 닭고기로 접근해온 건 처음이에요. 뜻밖에 잘 먹혀들었고요."

"인류 역사만큼 오래된 수법인걸요. 선사시대 남자들은 그렇게 했어요."

"말도 안 돼! 선사시대 남자들이 닭고기로 여자에게 환심을 샀다고요?"

"그럼요, 그때 남자들은 여자한테 고기를 선물했어요. 지금은 여자들이 꽃다발이나 핸드백을 더 좋아하지만요. 지금도 데이트 전에 정육점에 가서 고기만 사도 된다면 훨씬 편할 거예요."

디나는 연인들이 갈빗살이나 넓적다릿살이 든 분홍색 봉지를 주고받는 장면을 떠올렸고, 그러자 웃음이 나왔다. 그들의 자리에서 멀지 않은 곳에 텔레비전이 있었고, 화면에 근육질의 경주마들이 색색의 옷을 입은 기수들을 태우고 코스를 질주하는 장면이 보였다. 디나의 아버지는 일요일이면 저 가련한 짐승들에게 돈을 걸었고, 자신이 선택한 말이 뒤처지면 불같이 화를 냈다. 디나는 그동안 혐오하던 경마를 보면서 난생처음 어떤 미학적 형태를, 강한 동물적인 힘 같은 걸 느꼈다.

마르퀴스 같은 남자와 마주앉아 있으니 세상이 한결 긍정적으로 보였다. 심지어 카페 주인 여자마저도 못생겨 보이지 않았다.

"여기 출신이에요?" 디나가 물었다.

"그르노블요? 오, 아니에요! 툴루즈에서 왔어요."

"신기하네요, 그쪽 억양이 전혀 아닌데."

"내 안에 잠들어 있죠." 마르퀴스가 남부지방 특유의, 노래하듯 고저가 뚜렷한 억양을 실어 대답했다.

디나는 숙고 끝에 그가 아마 럭비선수일 거라고 생각했다. 딱 벌어진 어깨에, 프롭* 포지션의 선수처럼 살짝 주저앉은 코를 보니 그런 생각이 들었다.

"무슨 일을 해요?"

"레스토랑에서 일해요."

"요리사예요?"

"전에는 요리도 했지만, 지금은 주로 운영을 맡아 하죠. 그런대로 잘되고 있어요. 두번째 레스토랑을 열 계획이죠. 여기 온 것도 그 때문이고."

* 양측 선수가 서로 어깨를 맞대는 럭비의 기본 대형에서 맨 앞줄의 양끝에 서는 포지션으로, 대형이 무너지지 않도록 버티는 역할을 한다.

"그래서 닭고기에 관해 잘 아는군요." 디나가 마침내 깨달은 듯 말했다.

"말이 나온 김에 다 얘기하자면, 난 디저트 전공이에요."

"나는 파이를 정말 좋아하는데……" 디나가 아무 디저트나 골라 대답했다.

"주특기는 아이스크림이에요."

"콘 아이스크림요?"

"그보다는 유리잔에 내는 아이스크림요. 수제 샹티크림을 얹어서."

마르퀴스가 디나를 향해 강렬한 눈길을 던졌다. 그 순간 디나는 온몸에 전율이 흘렀다. 카운터 뒤 커피메이커에서 관이 막혀 꾸르륵하는 소리가 났다. 커피를 다 마신 마르퀴스가 받침에 잔을 내려놓은 뒤 지갑에서 명함 한 장을 꺼냈다.

"자, 여기. 난 한 달 동안 그르노블에 있을 예정이에요. 괜찮으면 언제 한번 레스토랑에서 저녁식사 할까요? 이곳에 식당을 내는 게 경쟁력이 있을지 조사해봐야 하는데, 혼자 가서 먹긴 싫거든요."

"그래요, 좋아요."

"이제 가봐야겠네요. 시간 날 때 전화 줘요. 아버지가 빨리 깨어나시길 빌게요."

마르퀴스가 계산을 마친 뒤 재킷을 걸쳤다.

"만나서 무척 즐거웠어요, 디나."

"나도요. 곧 만나요."

디나는 테이블 사이를 지나 거리로 나서는 마르퀴스를 지켜보았고, 그러다 정작 그가 슈퍼마켓에서 아무것도 사지 않았다는 사실을 깨달았다. 새 레스토랑 개업에 대비해서 이곳 슈퍼마켓에 어떤 재료가 있는지 사전조사를 한 걸까? 카페 유리창 너머로, 유연한 걸음걸이로 길을 건너는 그의 모습이 보였다. 그가 에르브광장 쪽으로 사라진 뒤에야 디나는 명함을 읽었다. 마르퀴스 뒤몽, 디저트 아이스크림 유럽 대회 우승자.

6

미셸은 자신의 오픈카에 올라타 전속력으로 달렸다. 빨간불도 무시해버렸고, 횡단보도에서 늑장부리는 보행자들을 향해 경적도 울렸다. 교통량이 많지 않아 시내를 빠르게 벗어났다. 산너머 아무런 흔적도 담기지 않은 맑은 하늘 위로 태양이 내리쬐고 있었다. 그녀는 발랑스 방향으로 고속도로를 탔다가 네번째 출구로 빠져나왔다. 겨울의 습기가 가득한 전원의 풍경이 이어졌다. 초록색과 갈색 들판이 펼쳐지고, 첨봉들이 뾰족한 송곳니처럼 하늘을 향해 솟아 있었다. 봉우리 가장 높은 곳에는 시간의 공격을 거스르며 만년설이 쌓여 있었다. 눈 감고도 그려볼 수 있는 익숙한 풍경이었지만, 그날만큼은 마치 처음 보는 것처럼 미셸의 눈길을 사로잡았다.

미셸은 기어를 5단으로 올리면서 설령 이렇게 죽는다 해도 원망할 처지는 아니라고 생각했다. 도덕적이지 못한 남자를 사랑했고, 그가 벌어오는 더러운 돈으로 미용실, 미술관, 경마장, 레스토랑을 들락거리며 편히 살아오지 않았는가. 게다가 그녀는 레오네의 사업에 나름의 방식으로 기여했다. 조직 내에 갈등이 생기면 그녀가 나서서 조정했다. 막후에서 다른 부인들과 커피를 마시며 협상에 나섰다. "남편에게 그 일에 힘 좀 써달라고 해줘요. 그러면 우리 남편이 움직일 거예요." 수탉처럼 가슴을 내밀고 으스대기만 하면서 한 치의 양보도 용납하지 못하는 남자들과 달리, 여자들은 의견을 조율해 합의점을 찾아낼 줄 알았다. 돈을 투자하는 일 역시 그녀의 몫이었고, 돈세탁에 관한 한 탁월한 노하우도 있었다. 미셸은 은행가, 변호사, 부동산 투자자, 그리고 겉으로는 점잖은 체하면서 한밑천 잡아보려고 혈안이 된 위선자들을 다루는 법을 알았다. 결국 그녀는 레오네에게 탁월한 능력을 갖춘 보좌관이나 마찬가지였다. 그러니 아무리 구호단체에 돈을 기부하고 길거리에서 손을 내미는 사람들에게 적선한다 해도, 그동안 저지른 죄가 가벼워질 수 없었다. 결국 가난한 사람들은 그녀에게 전혀 도움이 되지 않았다.

미셸은 의기소침해져서 한숨을 내쉬었다. 건실한 직업을 가진 사람과 결혼했다면 지금쯤 텔레비전 드라마나 챙겨 보고 정원을 가꾸거나 손주들을 돌보면서 편안한 노년을 보낼 수 있었을 테고, 이렇게 청부살인업자를 피해 다니는 처지는 되지 않았을 것이다.

차를 달릴수록 차창 밖으로 새로운 산비탈이 숨바꼭질하듯 나타났다 사라지기를 반복했다. 자동차는 벨돈산으로 향하는 좁은 경사로로 접어들었다. 양들이 무심하게 풀을 뜯는 초원을 지나 잠시 후 철책 담 너머로 통유리 건물이 나타났다. 레오네 이전에 이 지역 마피아 대부였던 레모 란프레디가 살고 있는 최고급 요양원이었다.

미셸은 주차장에 차를 세우고 핸드브레이크를 걸었다. 백미러를 보며 화장을 고친 뒤, 차에서 내려 문을 닫았다. 그리고 창유리에 자신의 실루엣을 비춰 보았다. 검붉은색 원피스 위에 레인코트를 걸치고 굽 낮은 스웨이드 앵클부츠를 신고 있었다. 레모 란프레디는, 그 밑에서 일하는 멍청한 남자들 대부분이 그래왔듯이 그녀의 매력에 한결같이 호감을 드러냈었다. 아직까지 효과가 있어야 할 텐데. 미셸은 도도한 걸음걸이로 주차장을 가로질렀다. 구두 굽이 자꾸 자갈 틈에 끼었고, 습한 공기가 폐 속으로 파고들었다. 건물에 다가가자 자동문이 열렸다. 입구의 안내데스크에서는 풍만한 가슴을 부각하는 꽉 끼는 블라우스를 입고 양홍색 립스틱을 바른 여직원이 잡지를 읽고 있었다.

"레모 란프레디 씨를 만나러 왔어요." 미셸이 말했다.

"베란다에 계세요. 오른쪽 복도를 따라 가세요." 여자가 동유럽 억양으로 대답했다.

안내받은 방향으로 쭉 걸어가자 통유리창으로 계곡 전체가 내려다보이는 공간이 나왔다. 저멀리 육중하고 바위 많은 벨돈산이 다른 산들 위로 높이 솟아 있었다.

레모는 휠체어에 앉아 테이블에서 카드를 치고 있었다. 두피에는 드문드문 검버섯이 피어 있고, 콧등에는 두꺼운 안경이 걸려 있었다. 전처럼 깨끗이 다림질된 무늬 셔츠에 넥타이를 맨 차림이었다. 밀라노 공방에서 제작한 오래된 수제화 대신 펠트 실내화를 신고 왼쪽 귀에 보청기를 꽂기는 했지만, 여전히 차림새에 신경을 쓰는 것 같았다. 같이 카드를 치는 남자들은 하나같이 흉악범 인상이었다. 한 명은 치아가 듬성듬성한 입에 시가를 물고 있고, 그 옆의 또 한 남자는 파자마 바지 허리춤에 권총을 차고 있었다. 그들 앞에는 50유로짜리 지폐들이 놓여 있었다.

"저 왔어요, 레모." 미셸은 레모가 분명히 들을 수 있도록 큰 목소리로 또박또박 말했다.

손에 든 카드를 보던 레모가 고개를 들더니 상대를 기억해 내려 애쓰는 듯한 당혹스러운 눈으로 미셸을 응시했다. 잠시 후 그는 얼굴이 환해졌고, 카드를 테이블에 내려놓았다.

"미셸이로군! 우리 산악인께서는 요즘 어떻게 지내지?"

레오네는 산을 워낙 좋아한 탓에 산악인이라 불렸다. 한번은 경쟁 관계의 조직원을 암벽등반에 데려가 제거해버린 적도 있었다. 먼저 정상에 오른 뒤 동료의 로프를 잘라버리고는, 깊은 낭떠러지 위 바위에 매달려 버티는 그를 버려두고 와버린 것이다. 그의 시신은 영원히 찾을 수 없었다.

"레오네가 혼수상태에 빠졌어요." 미셸이 소식을 전했다.

"이런! 총에 맞은 거야?"

"아니에요. 알츠하이머를 앓고 있었다는 거 아시잖아요. 지난 몇 주 사이에 상태가 급격히 나빠졌어요. 의사들도 손쓸 수 없었고요. 상의드릴 게 있어서 왔어요. 시간 좀 내주실래요?"

"이보게들, 잠시 실례하지." 레모가 같이 카드를 치던 남자들에게 말했다.

늙은 남자들은 카드놀이판이 중단되어 못마땅하다는 듯 얼굴을 찌푸렸지만, 그러면서도 탐욕스러운 눈길로 미셸의 몸을 훑어보았다. 미셸은 언젠가 들은 적 있는, 요양원에 있는 노인들이 한창 사춘기에 접어든 남자아이들보다 더 색을 밝힌다는 말을 떠올렸다.

레모는 휠체어 방향을 돌려 복도로 향했다.

"같이 바람이나 쐬지."

벽에 걸린 산 풍경화들이 얼핏 창밖의 경치처럼 보였다. 보행기에 몸을 의지한 한 노부인이 알아들을 수 없는 말을 중얼거리면서 힘들게 복도를 왔다갔다했다.

"불쌍한 미레유, 정신이 나가버렸어." 레모가 말했다. "저 여자 남편이 이 지역에서 손꼽히는 청부살인업자였는데. 그 친구가 해준 일에 대한 보답으로 우리가 비용을 부담해서 미레유를 여기 살게 했지."

"그 남편이라는 사람은 지금 뭘 하는데요?" 미셸이 곧바로 물었다.

"알베르토? 총격전중에 죽었지."

미셸은 가슴을 쓸어내리며 테라스 문을 연 뒤, 레모의 휠체어를 밀어주며 벤치로 향했다. 그녀는 레모 곁에 앉았고, 은색 케이스에서 미니 시가를 꺼내 물었다. 정면에 보이는 산에는 해가 잘 드는 사면 쪽으로 전나무 숲이 펼쳐져 있었고, 추위에 더 많이 노출된 반대편 사면은 나무 대신 암석들로 덮여 있었다. 미셸이 시가에 불을 붙이자, 달콤한 연기가 잠시 숲의 향기를 덮으며 퍼져나갔다.

"폐 건강에 좋기로는 여기가 세계 최고지." 레모가 황홀한 듯 내뱉었다.

"알프스는 공기가 참 맑죠." 미셸이 수긍했다.

"이제 나한텐 이보다 중요한 건 없어. 사업엔 더이상 관심 없고. 피자집 시절은 다 끝이야."

"피자집 시절……" 미셸은 이제르 강변에 늘어선 레스토랑들을 떠올리며 한숨을 내쉬었다.

"우리 이탈리아인들이 먼저 터를 닦아놓은 도시인데, 느닷없이 아프리카놈들이 나타나 우리 왕국을 차지하려 들다니!" 레모가 분개하며 말을 이었다. "란프레디 패밀리가 다시 조직을 이끌어야겠어. 아들 녀석한테 다 말해뒀어. 이탈리아에 남아 있는 것보단 여기가 더 안전하기도 할 거고. 거기선 헌병대한테 사방에서 쫓기고 있거든. 이제 레오네까지 혼수상태에 빠졌다니 서둘러야겠지. 아프리카놈들이 얼씨구나 달려들지 않겠어? 우두머리가 없으면 전쟁이 일어나는 건 시간문제지. 곧 코시모가 와서 그 콩고놈을 손봐주고 전부 되돌려놓을 거야."

미셸은 오래전 기억 속의 볼이 통통하던 꼬마 코시모를 떠올렸다. 다섯 살 때 란프레디 부부가 이혼하면서 어린 코시모는 그의 어머니와 함께 시칠리아로 떠났다. 그리고 이십여 년이 지난 지금, 이미 그는 코사 노스트라*와 연계된 여러 건의 살인을 저질러 삼 년 동안 최고 보안 교도소에 갇혀 있다가 이송 도중에 탈주했고, 그후에는 밀라노 근교로 도주해 그 지역에 연줄이 많은 레오네가 마련해준 은신처에서 숨어 지내고 있었다.

레모는 미셸이 왜 자기를 찾아왔는지에는 관심도 없이, 흘러간 호시절의 얘기들을 늘어놓느라 여념이 없었다. 여자들, 카지노, 이탈리아에서 놀던 일, 저녁이면 담배 연기 자욱한 지하실에서 포커 치던 일…… 그는 좋았던 과거만 기억하고 있는 것 같았다.

"아무튼 이제 그런 시절은 다 끝났어." 마침내 레모가 이야기를 마무리했다. "다행히 난 여기서 편하게 살고 있지. 간호조무사들도 예쁘고, 요리사도 솜씨가 뛰어나고, 지루할 틈이 없어. 월요일엔 포커, 화요일엔 체스, 수요일엔……"

"레모," 미셸이 그의 말을 끊었다. "도움이 필요해요."

레모는 심각한 얘기를 해야 하는 상황이 마뜩잖은지 눈빛

* 시칠리아를 근거지로 한 마피아 조직.

이 어두워졌다.

"무슨 일인데?"

"레오네가 날 죽이려고 청부업자를 붙였어요."

"왜 그런 짓을?"

"제정신이 아니었던 거죠. 알츠하이머잖아요."

"늙으면 다 엉망진창이 되는군." 레모가 나지막하게 말했다.

"그 사람이 고용했을 만한 자가 누구일지 짚이는 데가 있으세요?"

"누가?"

"레오네가요." 미셸은 초조해졌다. "레오네가 날 죽이려 한다니까요."

레모 란프레디마저 제정신이 아닌 걸까? 미셸은 시가 연기를 한 모금 들이마셨다. 그리고 그녀가 내뿜은 연기는 두 사람 사이에 장막처럼 드리워졌다. 하늘에는 맹금류 여러 마리가 얼음처럼 차가운 바람을 타고 선회하고 있었다.

"우리하고 일하던 킬러들은 이제 다 은퇴했어." 레모가 속삭였다.

"내 머리에 총알을 박아넣을 수 있는 사람 하나쯤은 남아 있을 것 아니에요. 레오네와 같이 일하던 사람들 아시잖아요. 생각 안 나요? 이름 좀 알려줘요."

"글쎄…… 엔조, 시몽, 쥘리앵. 내가 아는 건 그들이 전부야."

"그 사람들은 요새 어디 있어요?"

"죽었거나 바닷가에 있겠지. 아직 살아 있는 자들은 모두 코트다쥐르 지역에 별장을 샀거든. 젊은 애들한테 자리를 내줘야 하니까."

"레모, 정말로 도움이 필요해요. 도움받을 데가 없어요."

"미셸, 킬러가 한번 살인청부를 받으면 멈출 수 있는 방법은 없어. 무조건 해내는 것도 계약에 포함되어 있으니까. 그게 아니라도, 지금 내가 어디 있는지 한번 봐. 늙은이들이 죽음만 기다리는 곳에서 카드나 치는 신세잖아. 내가 아직도 개입할 수 있을 것 같아? 그리고, 알고 있겠지만, 현장을 이끄는 수장의 결정에는 나도 맞설 수 없어. 레오네가 그런 선택을 내렸다면 아마도 자네가 명예 규율을 저버렸기 때문이겠지."

"제정신이 아니었다니까요!" 미셸은 같은 말을 반복했다.

"우리 일을 하는 사람 가운데 제정신인 자가 있어? 일하면서 그런 것까지 챙기다간 아무것도 못 믿어. 그만 안으로 들어가지. 날이 춥네."

실망한 미셸이 피우던 시가 꽁초를 테라스 바닥에 버렸다. 레모에게서는 아무런 도움도 기대할 수 없었다. 가슴이 꽉 막힌 것 같았다. 그녀에게 남은 유일한 실탄을 써버린 참이었다.

이제 방법은 도망치는 것뿐이었다.

그사이 베란다에서는 직원이 틀어놓은 음악이 흘러나오고 늙은 남자 몇이 망사스타킹을 신은 간호사들과 춤을 추고 있었다. 안내데스크에 있던 여자가 넋을 잃고 바라보는 영감들 앞에서 옷을 하나씩 벗어가며 스트립쇼를 시작했다.

"춤 한번 출까?" 레모가 나지막하게 물었다.

"서 있을 수 있어요?" 놀란 미셸이 물었다.

"블루스 한 번 정도는 출 수 있지. 일어나게 좀 도와주기만 하면."

레모는 힘겹게 몸을 일으켰고, 미셸은 두 팔을 뻗어 그를 부축했다. 레모 란프레디, 그는 오랫동안 이제르 지역 암흑가를 쥐고 호령하던 인물이었다. 이제 정말로 하나의 세상이 종말을 맞이한 것이다.

미셸과 레모는 몸을 밀착하고 제자리에서 천천히 돌기 시작했다. 미셸은 레모의 어깨에 고개를 기댄 채 오래전 그가 건방지게 굴거나 그의 결단을 거스른 이들을 어떻게 처단했는지 떠올렸다. 레모는 조직을 이끄는 동안 손가락을 스무 개 정도 잘랐고, 열댓 명의 가슴에 구멍을 냈으며, 쉰 명 넘게 두들겨팼다. 그 시절 누구도 감히 레모 란프레디에게 맞설 엄두를 내지 못했다. 당시 레모는 토요일 저녁이면 포커를 친 뒤 자동차 음악 볼륨을 최대로 올려놓고 베리아대로를 전속력으로 달려, 오 년 전 폐암으로 죽어 지금은 고인이 된 그의 둘째 부인 지나가 기다리는 별장으로 돌아가곤 했다. 그렇게 왕성하던 혈기가 세월이 흘렀다고 정말로 샘이 마르듯이 사그라질 수 있는 걸까? 자신은 평생 변하지 않았다고 굳게 믿고 있는 미셸은 다른 사람들이 늙어가면서 변한다는 게 잘 이해되지 않았다.

그러다 불현듯 그녀는 요양원 사람들 모두 마치 최면에 걸린 듯한 눈길로 자신과 레모를 바라보고 있음을 깨달았다. 그러니까, 조금 전의 생각은 틀렸다. 레모는 이전에 그르노블에서 그랬고 감옥에서 그랬듯이, 그가 있는 모든 곳에서 그랬듯이, 이 요양원에서도 여전히 왕이었다. 스스로는 아무런 힘이 없다고 주장하지만, 분명 그에겐 여전히 강력한 힘이 있었다.

"내가 늘 좋아했던 거 알지, 미셸?" 레모가 그녀의 귓가에 나지막이 말했다. "이런 아내를 없애려 하다니, 레오네는 왜 그런 바보짓을 할까."

목덜미에 레모의 거칠한 손가락이 닿는 순간, 미셸은 마치 면도날이 스치는 듯해 온몸에 소름이 돋았다.

7

오븐 안에서 닭고기가 삼십 분째 익고 있었다. 디나는 닭 몸통에 스푼으로 소스를 살짝 끼얹고 감자를 뒤집었다. 이제 이십 분쯤 지나면 완전히 익을 터였다. 디나는 닭고기를 다시 오븐에 넣고 거실에 있는 알레시아에게 갔다. 알레시아는 소파에 앉아 앞머리 숱이 죽지 않도록 손가락으로 연신 빗어대며 이케아 카탈로그를 무심히 뒤적이고 있었다. 흰색 진바지, 알록달록한 스웨터, 움직일 때마다 쨍그랑거리는 금빛 팔찌 등의 차림새를 보면 전혀 조직범죄에 몸담고 있는 사람 같지 않았다. 모르는 사람들은 오히려 가톨릭 사립학교 운영자를 떠올릴 법했다. 디나는 얼음을 넣은 마티니를 알레시아에게 건넨 뒤 안락의자에 앉았다.

“아빠가 마피아 조직에서 일한다고 우리한테 처음 말했을 때 기억나?” 디나가 물었다.

“어제 일처럼 또렷이 기억하지.” 알레시아가 미소 지으며 대답했다. “그런데 나는 그보다 훨씬 전부터 짐작하고 있었던 것 같아.”

“그렇지. 코폴라 감독 영화에서 튀어나온 것 같은 이상한 사람들이 집에 들락거렸으니까.”

“어릴 땐 지하실에서 무슨 소리가 나기만 해도 무서웠는데.” 알레시아는 짧은 순간 회상에 젖어 말했다. “아빠는 쥐 소리라고 했지만…… 아무튼 다정한 아빠는 아니었어.”

디나는 보일러관에 손목이 묶인 채 감금되어 있던 남자와 마주친 날이 떠올랐다. 그의 피범벅된 얼굴과 자기를 노려보던 증오에 찬 눈빛은 앞으로도 절대 잊을 수 없을 터였다. 그날 디나는 아버지의 적들은 평생 자신의 적이기도 하다는 사실을 깨달았다. 아캄포라라는 성을 갖는 한, 완전히 무고할 수는 없었다.

자매는 성탄절 연휴나 바닷가에서 휴가를 보낸 추억처럼 가족의 추억으로 남은 몇몇 기억을 떠올리며 한동안 생각에 잠겼다.

"난 다니 삼촌이 올 때가 좋았어." 알레시아가 말했다. "트럭에다 상품 상자들을 싣고 와서 우리집에 내려놨잖아. 한번은 콘솔게임기 수천 대를 가져와서 우리한테 닌텐도 게임기를 하나씩 줬지. 어쨌든 우리가 황금 같은 유년기를 보냈다는 건 부정 못할걸!"

디나는 못마땅한 표정을 지었다. 한집에서 자란 자매가 유년기를 이렇게까지 다르게 기억할 수 있다는 사실이 놀랍기만 했다.

지하실에 감금되어 있던 남자와 마주친 그날 이후 디나는 마피아에 대해 알아보기 시작했고, 그렇게 아버지와 아버지의 친구들이 무슨 일을 하는지 알게 되었다. 어머니에게 그 얘기를 꺼내자 어머니는 절대 아무 말도 하지 말라며 다그쳤다. 마피아 세계에서 절대 지켜야 할 규율이었다. 하지만 디나는 더 알고 싶어 계속 조사했고, 그러다 도서관에서 빌려온 책에서 리타 아트리아의 이야기를 읽었다. 이탈리아 마피아 가문에서 자라난 열일곱 살 소녀가 용기를 내 침묵의 규율을 깨뜨린 이야기였다. 팔코네와 보르셀리노 판사*가 살해당하자 리타 아트리아도 뒤이어 7층 발코니에서 몸을 던졌다. 그녀의

* 시칠리아 마피아 척결을 주도한 조반니 팔코네와 파올로 보르셀리노 판사.

가족은 딸이 죽은 뒤에도 배신을 용서하지 않았다. 리타의 어머니는 딸의 무덤을 망치로 내려쳤다. 마피아 조직은 절대로 복수를 포기하지 않는다.

리타는 디나에게 영웅이 되었다. 그녀에게 리타는 반항의 상징이었다. 디나는 리타처럼 언젠가 사법당국에 전부 넘겨줄 생각으로 모든 걸 일기에 적기 시작했다. 앞으로 비극적 운명이 닥치리라 예상했지만, 그 속셈을 알아차린 어머니가 그녀를 일 년간 영국에 오페어*로 보내버렸다. 사실 그건 상당히 현대적인 결정이었다. 구세대 이탈리아 마피아 가문의 어머니였다면 설사 자기 자식이라 해도 염산을 마시게 하고도 남았다. 영국에서 돌아올 즈음 전보다 현명해진 디나는 사회를 위해 유용한 일을 하리라 희망을 품고 공부에 전념했다. 그녀는 시앙스포**에 합격했고, 박사학위를 취득한 후 인도주의단체에서 일하기 시작했다.

디나가 상념에 젖은 동안 알레시아는 다시 카탈로그에 빠져들어 있었다.

"그네 의자라…… 우리집 테라스에 놓으면 멋지겠다." 알

* 외국의 가정에서 아이 돌보기 등 비교적 간단한 집안일을 돕는 대가로 숙식 등을 제공받으며 언어와 문화를 배울 수 있는 교류 제도.

** 사회과학 분야 프랑스 최상위 교육기관인 '파리정치대학'의 별칭.

레시아가 정원용 가구 사진들을 훑어보며 말했다.

디나는 편안히 흔들리는 그네 의자에 앉아 '친구들'과 수다를 떠는 알레시아의 모습을 떠올렸다.

"나는 푹신한 쿠션 의자가 좋더라." 디나가 대꾸했다.

"쿠션 의자엔 똑바로 앉아 있기가 힘들어. 그리고 보나마나 하나같이 그 위에 축 늘어져서 내 말은 한 귀로 흘려들으며 사타구니나 긁적댈걸? 그네 의자에선 그렇게 못하지. 그네 의자에 앉아서 사타구니를 긁는 놈은 없거든."

"내가 모르는 미묘한 차이가 있나보네."

"언니가 좀팽이 같은 남자들과 일을 안 해봐서 그래. 남자들은 일단 엉덩이를 편하게 붙였다 하면 자기가 세상의 왕이라도 된 줄 알거든. 반대로 좀 불편하거나 익숙하지 않은 자리에서는 허튼짓을 못하지. 언니도 경험하게 될 거야. 흔들리는 의자에 앉힌다는 건 이미 그들의 확신을 흔들어놓는 셈이지. 그건 그렇고, 지난번에 얘기한 새 약국 자리 좀 알아봤어?"

디나는 한숨을 내쉬며 일어나 서재로 가서 도표가 그려진 문서 한 장을 들고 왔다. 그동안 디나는 절대 알레시아의 사업에 관여하지 않으려고 그녀의 부탁을 전부 거절해왔다. 하지만 얼마 전 마티외와 헤어진 뒤로 알레시아에게 부쩍 기댄 게 사실이었고, 그래서인지 빚진 느낌이 있었다. 결국 약국을 하나 더 열 수 있게 후보지 몇 군데를 급히 조사해달라는 알레시아의 부탁을 받아들였다.

"국립경제통계연구소에서 발표한 인구별 조사 자료를 토대로 분석했어." 디나가 알레시아에게 문서를 건네면서 설명을 시작했다. "여러 가지 매개변수를 고려했고. 빈곤선 이하의 저소득층 사람들 비율은 경찰이 들이닥칠 위험을 말해주는 지표야. 상점들 규모로 유동인구도 가늠할 수 있지. 아동 인구수도 지표가 돼. 어린아이가 많은 곳일수록 주민들은 네가 끌어들이려는 유형의 사람들을 수용할 확률이 적다고 이해하면 돼. 경찰도 더 자주 부를 테고. 부동산 소유자 비율도 확인했어. 자기 재산 가치가 떨어질까봐 동네 이미지에 가장 집착하는 부류거든. 근처에 노숙자나 약물중독자 수용 시설을 못 짓게 누구보다 격렬하게 반대하는 사람들이지. 눈을 부릅뜨고 지켜보고."

"대단하네. 그래서 결국 어디가 답이야?"

"트레클루아트르가 무난해 보여. 사람들도 많이 오가고, 인종도 다양하고, 세입자가 많고. 도시 권역 평균보다 아동 수도 적어."

"고마워. 그 동네에 매물로 나온 데가 있는지 알아봐야겠다."

"미리 말해두는데, 이번이 마지막이야."

"시민 건강을 증진하는 일에 일조했다고 생각해."

디나는 자기 가족을 보면서 가장 타락한 행위마저도 긍정적인 시각으로 볼 수 있고, 언제든 거울 속 자신의 얼굴을 죄책감 없이 마주하는 방법이 있다는 사실을 깨달았다. 그게 바로 마피아를 척결하기 힘든 이유이기도 했다. 마피아들은 살인을 저지르거나 공금을 횡령하고 천연자원을 빼돌리면서도 스스로는 공공을 위한 자선 활동이라고 합리화하기 때문이다.

그 순간 초인종이 울렸다. 디나가 일어나 문을 열었다. 문 앞에 어머니와 베르나르가 스카치위스키 한 병과 꽃다발을 들고 서 있었다. 둘 다 긴장한 표정이었다.

"안녕하세요, 베르나르 아저씨. 어서 오세요." 디나가 말했다.

"네 어머니한테 도움이 좀 필요할 것 같아서 같이 왔다." 베르나르가 디나에게 장미를 건네며 대답했다.

미셸은 외투를 옷걸이에 건 뒤 마치 모르는 집에 온 사람처럼 두리번거리며 거실로 들어왔다. 베르나르도 들어와 소파에 앉더니 안절부절못하며 콧수염을 만지작거렸다. 디나가 베르나르를 마지막으로 본 건 아버지 레오네의 예순다섯번째 생일 파티 자리였다. 그사이 배가 나오고 주름이 더 생기긴 했지만, 베르나르는 예전처럼 옅은 색 셔츠를 입고 있었다. 옅은 민트색이었다. 디나와 알레시아는 그를 삼촌처럼 생각했다. 예전에는 일주일이 멀다 하고 집에 와서 아버지와 함께 스포츠 경기를 보거나 술을 마셨고, 어머니가 혼자 있을 때도 도와주러 왔었다. 베르나르는 언제나 아캄포라 가족의 헌신적인 친구였다.

미셸이 미니 시가를 하나 꺼내 불을 붙였고, 근심이 있을 때면 늘 그러듯이 담배를 빨아댔다. 디나는 꽃을 꽃병에 꽂고는 상세르 포도주병을 따고 잔을 꺼냈다.

"아빠를 위하여." 알레시아가 잔을 들어올리며 말했다.

"아빠가 편안하게 떠나시길 기원하며." 디나도 잔을 들어 올렸다.

미셸과 베르나르는 말없이 술을 마셨다. 창밖으로 생브뤼노광장의 술집들에서 어렴풋이 소음이 들려왔다. 금요일 저녁이었다. 추운 날씨에도 흡연자들은 테라스 자리에서 버티는 모양이었다.

"병원에선 뭐래요?" 알레시아가 물었다.

"뇌 기능이 완전히 멈춘 건 아니지만 손상이 심하대." 미셸이 대답했다. "오래 버티지 못할 거고."

미셸은 이쑤시개를 들어 올리브 한 알을 신경질적으로 푹

찔렀다.

“차라리 빨리 가시는 게 낫지.” 알레시아가 말했다. “몇 년씩 식물인간으로 누워 있는 사람들도 있거든. 약국에 오는 손님 중에 십오 년째 남편 병간호를 하는 여자도 있어. 일주일에 두 번씩 골동품을 닦듯이 남편의 몸을 씻겨준대.”

미셸은 디나가 선반 위에 올려둔 먼지 쌓인 낡은 장식품들을 바라보며 얼굴을 찡그렸다. 그러다 갑작스러운 죽음이 꼭 나쁘지만은 않다는 생각이 들었다.

“말하면 알아들으실 수는 있어요?” 디나가 물었다.

“감각은 있는 것 같아. 직관 같은 게 남아 있는 거지, 개들하고 비슷한 상태랄까. 의사 말이, 그래서 우리가 최대한 자주 옆에 있어야 한다는구나.”

디나는 맞는 말이라고 생각했다. 잘 알려져 있다시피, 혼자 집을 지켜야 하거나 집에 아무도 찾아오지 않으면 개들은 견디지 못한다.

“아빠 부하들한테 교대로 와 있으라고 하면 어때요?” 알레시아가 제안했다.

“그게 도움이 되겠니?” 미셸이 반박했다. “그 인간들은 대화 같은 건 몰라. 아마 네 아버지 배를 테이블 삼아서 카드나 치겠지. 어쨌든 의사는 꼭 가족하고 가까운 친구들이 옆에 있어줘야 한다고 했어."

디나는 앞으로 아버지 병실에 들러야 한다는 생각에 얼굴을 찡그렸다. 그래도 아무 저항도 하지 못하게 된 아버지 앞에서 마음껏 형법 조항들을 읽어줄 수 있겠다는 생각도 들었다. 작은 복수의 기회가 될 터였다.

저마다 혼수상태에 대해 아는 대로 한마디씩 늘어놓는 동안, 디나는 닭고기를 꺼내러 주방으로 갔다. 껍질이 노릇노릇하게 잘 익어 있었다. 디나는 요리를 담은 접시를 둥근 코르크 받침에 내려놓고 핸드폰으로 사진을 찍어 마르퀴스에게 보냈다. 말 대신 사진으로 연락해보기로 한 것이다. 그러고는 만족스러운 표정으로 접시를 들고 다시 거실로 왔다.

"식사하시죠!"

모두 식탁에 자리를 잡자 디나가 칼을 들었다. 전에 마티외가 고기를 자를 때 사용하던 칼이었다. 모두의 시선이 집중된 가운데 디나는 닭의 넓적다리 관절 부위를 자르기 시작했다. 그동안 늘 마티외 담당이었던지라 디나는 거의 해본 적 없는 일이었다. 둘이서 함께 살다보면 개인의 능력 일부가 잘려나가버리고, 그래서 헤어지고 나면 더이상 할 줄 모르는 일상의 일들이 너무도 많다는 사실을 깨닫게 된다. 지금쯤 마티외는 자기보다 더 우왕좌왕하고 있으리라는 생각이 그나마 위안이 되었다. 사실 같이 사는 동안 마티외는 온갖 궂은일을 다 디나에게 떠넘겼다. 예컨대 병원 진료를 받고 나서 진료비 환급 신청을 할 때 마티외는 까마득한 심연 앞에 선 것처럼 곤혹스러워했다. 디나는 남자들이 왜 그렇게 열심히 같이 살 여자를 찾는지 알 것도 같았다. 그들에게는 그게 건강보험공단 지사의 주소를 알아내는 일보다 더 간단할 터였다.

"내가 도와줄까?" 베르나르가 물었다.

"좋죠." 디나가 베르나르에게 칼을 넘겨주며 말했다.

베르나르는 너무도 손쉽게 닭다리를 자르고 가슴살을 발라냈다. 그 순간 디나는 어쩌면 자신에게는 이런 나이든 독신남이 필요할지도 모른다는 생각을 했다. 누구하고도 같이 산 적 없는 사람은 결과적으로 자기 능력을 고스란히 간직하고 있을 게 아닌가. 그런데 베르나르는 왜 여태껏 독신으로 지냈을까? 베르나르가 감자를 덜어주려 할 때 미셸이 그의 손목을 잡으며 말했다.

"너희에게 할 얘기가 있어." 미셸이 담담하게 말문을 열었다.

모두 포크와 나이프를 손에 쥔 채 미셸이 말을 잇기를 기다렸다.

"너희 아버지가 나한테 킬러를 붙였어."

그 순간 마치 닭고기가 돌이킬 수 없는 잘못을 저지르기라도 한 듯 베르나르가 닭 등에 칼을 꽂았다. 실내가 갑자기 적막에 휩싸였고, 라디오방송에서 흘러나오는 스투지스의 음악소리만 아주 조그맣게 들려왔다.

"너희 아버지가 날 죽이려고 사람을 고용했다고." 미셸이 되풀이해 말했다. "킬러는 이미 고용됐고, 손쓸 방법이 없어."

"그만둬요! 왜 그런 농담을 해요?" 알레시아가 말했다.

"못 믿겠으면 베르나르한테 물어봐."

자매의 눈길이 베르나르를 향했다. 베르나르는 비통한 표정으로 고개를 끄덕였다.

"이게 다 무슨 얘기예요?" 디나가 외쳤다.

미셸은 대답 대신 주머니에서 편지를 꺼내 식탁보에 올려놓았다. 알레시아가 종이를 펼쳐 읽기 시작했고, 곧 입술이 파르르 떨렸다.

"어떻게 이런……" 알레시아는 얼굴이 백지장처럼 하얘진 채 말을 더듬었다.

그녀의 손에서 편지를 빼앗아 든 디나는 레오네의 필체를 알아보았다. 그리고 만년필로 쓴 글자를 하나하나 읽어갈수록 점점 불안에 휩싸였다.

"말도 안 돼."

"설마 두 분 사이에 무슨 일이 있었던 거예요?" 알레시아가 포크 끝으로 어머니와 베르나르를 가리키며 물었다.

"옛날 일이야." 미셸이 한숨을 내쉬었다.

"아빠 몰래 베르나르 아저씨하고 바람을 피웠다고?"

"네 아빠가 오랫동안 집을 비웠을 때만 그랬어." 미셸이 변명했다.

"그리고 아주 멀리 떠나 있을 때만." 베르나르가 거들었다.

"아, 그런 경우엔 문제가 안 되나보군요!" 알레시아가 빈정거렸다. "어쩌자고! 규칙 알잖아요? '친구의 아내는 넘보지 않는다.' 그게 무슨 말인지 몰라요? 그런 이유로 얼마나 많은 남자들이 눈에 총알이 박히고 잘린 불알을 입에 문 채 죽었는데!"

베르나르는 창백해진 얼굴로 슬그머니 손을 사타구니께로 가져갔다.

"아빠가 정말로 살인청부를 했을까요?" 디나가 물었다.

"끔찍할 정도로 복수심이 강한 사람이니까." 미셸이 말했다.

"그럼 어떻게 하죠?"

미셸은 마치 자기 일이 아니라는 듯 초연하게 어깨를 으쓱했다.

"그자가 칼을 쓰진 않았으면 좋겠어." 미셸이 말했다. "머리에 총을 맞거나 독살당하는 게 낫지. 이왕이면 비소가 제일 낫겠네."

"경찰에 알려야 해요." 디나가 말했다.

"절대 안 돼!" 미셸이 소리쳤다. "우리 돈이 어디서 오는지 알잖아. 어떤 결과로 이어질지 뻔해. 어차피 아무 도움도 안 될 테고. 내가 죽을 때까지 보호해줄 수는 없으니까."

"일을 포기하도록 킬러를 설득해봐요." 알레시아가 말했다. "찾아내서 아빠가 정신이 나갔다고, 스스로 무슨 일을 벌이는 건지도 몰랐다고 설명하는 거예요. 필요하다면 매수라도 해야죠. 레모는 아빠가 누굴 고용했을지 알아낼 수 있을 거예요. 도움을 받아요."

"이미 요양원에 가서 만나고 왔어." 미셸이 대답했다. "킬러 걱정을 하긴커녕 같이 블루스를 추자더라."

납덩어리처럼 무거운 침묵이 내려앉았다. 도무지 해결 방법이 보이지 않았다.

"외국에 나가는 건 어떨까?" 베르나르가 제안했다. "킬러한테 쫓길 땐 다들 그렇게 하지 않나?"

"나 혼자 지구 반대편으로 떠나라고? 영어도 못하는데?" 미셸이 발끈했다.

"원주민 남자를 만나서 새 인생을 시작해볼 수도 있겠네요." 디나가 참지 못하고 우스갯소리를 내뱉었다.

모두들 파뉴* 차림의 남자 품에 안겨 있는 미셸의 모습을 은밀히 머릿속에 떠올렸다.

"그래, 그거야!" 알레시아가 탄성을 내질렀다. "마테오와 가장 친한 친구네가 깊은 산속 아주 외진 곳에 산장이 있어요. 마테오가 스키 타러 자주 가는 곳이고요. 시설이 아주 고급스럽지는 않지만 해결 방법을 찾을 때까지 안전하게 지낼 만해요. 걔네 엄마도 내가 잘 아는데, 분명 괜찮다고 할 거예요."

"남아메리카로 끌려가는 것보단 낫겠네." 미셸도 수긍했다.

"내가 같이 가줄 수 있어." 베르나르가 말했다.

"절대 안 돼요." 알레시아가 반박했다. "킬러는 당연히 두 분이 같이 있을 거라고 생각할 거예요. 아저씨도 표적일 수 있고요. 꼬리를 안 밟히는 게 좋아요. 마테오에게 모셔다드리라고 할게요. 어차피 학교 좀 빠져도 상관없으니까. 마테오한텐 할머니가 천식 때문에 공기 좋은 곳에 가 계셔야 한다고 말해두면 돼요."

"이런 일에 마테오를 끌어들인다고? 너무 위험해!" 놀란 디나가 말했다.

"괜찮아. 할머니하고 주말여행을 떠나는 건데 안 될 거 없

* 허리에 두르는 단순한 옷.

어. 그리고 어차피 킬러들은 전문가들이라서 표적이 아닌 사람은 절대 안 건드려."

투철한 직업의식이 사라지지 않은 분야가 하나쯤은 남아 있다는 뜻인가…… 디나는 생각했다.

미셸은 아무 생각 없이 닭고기 한 조각을 입안에 넣고 우물거리며 씹기 시작했다. 옆자리의 베르나르는 얼굴이 창백하다 못해 파랗게 질려 있었다.

"게다가 엄마 나이의 아줌마가 십대 남자애 뒤에 매달려 스쿠터를 타고 도망친다고 누가 상상이나 하겠어?" 알레시아가 뿌듯한 표정으로 말했다.

신경이 곤두선 디나는 창가로 다가갔고, 실내에서 소용돌이를 그리는 시가 연기를 밖으로 내보내기 위해 창문을 열었다. 바깥에는 보름달 아래 도시의 불빛이 하늘의 별빛과 뒤섞여 반짝이고 있었다. 디나는 아버지 소유의 시멘트회사 상속 소식을 전한 공증인의 편지를 떠올렸다. 이제 모든 의문이 풀렸다. 알레시아는 또 어떤 이상한 전화를 받게 될까?

그 순간, 주머니에서 핸드폰이 진동했다. 화면에 뜬 문자메시지를 읽었다. 먹음직스럽네요. 아버지께서 쾌차하시길. 저녁식사 괜찮을 때 연락 줘요. 마르퀴스.

디나는 한숨을 내쉬며 식탁으로 돌아와 힘없이 자리에 앉았다. 난도질당한 식탁 위의 닭고기가 어머니의 운명을 미리 보여주는 것만 같았다.

8

알레시아는 일반 고객과 약물중독자들을 한눈에 구별할 줄 알았다. 꼬질꼬질한 파카로 몸을 감싼 채 조금 전 약국에 들어온 눈이 퀭하고 칡뿌리처럼 마른 남자는 두번째 부류다. 장담하건대 프로폴리스 사탕을 사러 온 건 아니다. 어느 뚱뚱한 부인이 고혈압 약을 타가는 동안 뒤에서 기다리던 남자는 사냥꾼에게 쫓기는 늑대 같은 눈빛으로 조급해했다. 그리고 앞 손님이 나가자마자 판매대로 달려들었다.

"벨라돈나 2회분 주세요." 그가 속삭였다.

"희석도는?" 알레시아가 물었다.

"9CH."

계산을 마친 후 알레시아는 남자에게 자그마한 파란색 원통형 약통 두 개를 건넸다.

"봉투에 넣어드릴까요?"

"괜찮아요. 바로 쓸 거예요."

남자는 당장이라도 약물을 삼킬 기세로 곧바로 자동문 쪽으로 모습을 감췄다.

손님이 뜸해지자 알레시아는 진열대에 돌리프란*을 정리하려고 돌아섰다. 아무리 생각해도 아버지가 어머니를 두고 그런 일을 벌였다는 사실을 믿을 수 없었다. 물론 그 빌어먹을 명예 규율이라는 게 있다고는 하지만, 구닥다리 노인네들 말고는 더는 아무도 신경쓰지 않는 규율이었다. 레오네 아캄포라는 분명 제정신이 아니었다.

열시 반이 되도록 루암바에게서는 여전히 연락이 없었다. 알레시아가 스파스폰** 포장상자를 열고 있을 때 스쿠터 엔진 소리가 들려왔다. 잠시 후 자동문이 열리더니 카우보이 복장을 한 소니가 건들거리며 들어왔다. 그는 압박스타킹을 신고 서 있는 마네킹 곁을 지나 성인용 기저귀 광고 전단을 경멸어

* 해열진통제.

** 소화불량 및 복통 치료제.

린 눈으로 쳐다보았다. 자기 방광에는 문제가 생길 리 없다고 자신하는 모양이었다. 알레시아는 소니를 향해 고개를 끄덕인 뒤 사무실로 들어갔다. 잠시 후 금고에서 약봉지 하나를 꺼내들고 다시 판매대 앞으로 왔다.

"건강보험증에 문제가 생겼어." 알레시아가 말했다.

그들만의 은어로 '살해 위험'을 뜻하는 말이었다.

"메시지 전할게요."

"내가 직접 난쟁이를 봐야겠어. 열두시쯤 빌뇌브로 간다고 해."

소니는 고개를 끄덕인 뒤 약봉지를 점퍼 속에 집어넣었다. 잠시 후 큰길에서 스쿠터 소리가 요란하게 울렸고, 이내 서서히 멀어졌다.

알레시아는 남은 오전 시간 내내 서류와 씨름했다. 이런 업무는 진절머리나게 싫었지만, 행정당국의 주목을 끌지 않으려면 흠잡을 데 없이 처리해두어야 했다. 훌륭한 마피아가 된다는 건 탁월한 경영 능력을 갖춘다는 말이기도 했다. 그래야 합법적인 활동 안에서 돈이 도는 것처럼 보이게 위장하고, 경찰이 파고들 만한 허점을 철저히 제거할 수 있었다. 알레시아는 늘 회계장부를 극도로 꼼꼼하게 작성했고, 신고할 때 단돈

1상팀*도 누락하지 않았다. 하지만 이날만큼은 세로로 길게 적힌 숫자들이 도무지 눈에 들어오지 않았다.

킬러 이야기 때문에 계속 심란했다. 사실 레모가 요양원에 들어가고 아버지의 병세가 나빠진 이후 조직에 우두머리가 없었다. 빨리 코시모가 와서 권력을 장악하지 않는다면 조만간 후계 전쟁이 벌어질 공산이 컸다. 그 틈을 노려 아프리카인들이 시테드라베이와 다른 곳까지 거래 구역을 넓혀갈 것 역시 불 보듯 뻔했다.

알레시아는 어쩌면 이런 혼란이 스스로 높은 자리로 치고 올라갈 수 있는 좋은 기회일지도 모른다는 생각을 떨칠 수 없었다. 그녀는 지난 몇 년간 경험을 탄탄히 쌓았고, 조직 내에서도 존경받고 있었다. 모두가 그녀의 일 처리가 창의적이고 효율적이라고 칭송했다. 계속 기다려야 하는 상황이 슬슬 지겨워지기 시작했고, 더 빨리 높은 자리에 오르지 못하는 현실이 부당하게 느껴지던 차였다. 무엇보다 앞으로 코시모 란프레디와 협력해야 한다는 게 마음에 걸렸다. 코시모는 섬에서 자라 몇 년이나 감옥살이를 한 남자였다. 이탈리아 남자들은 대개 지독한 마초들이고, 따라서 코시모가 그녀를 조직에서

* 화폐 단위로, 1상팀은 1유로의 백분의 일이다.

쫓아내지 않으리라는 보장도 없었다.

이런저런 상념에 빠져 있던 알레시아의 주머니 속에서 휴대전화가 진동했다. 레오네가 축구 구단 경영을 맡겨두었던 알랭 부케의 전화였다. 아직 숨이 붙어 있는 레오네를 위해 조급하게 조의를 표하려는 것이리라. 무엇보다 자기 거취가 위태로워질까 불안할 터였다.

"알레시아! 나다, 알랭."

"잘 지내시죠?"

"아버지 일은 참 속상하구나. 너도 알겠지만 우리 모두 아버지가 그리울 거야. 지금 전화한 건 중요한 얘기가 있어서다. 일단 만나자."

"솔직히 말씀드리면 제가 요새 일이 너무 많아요. 아시잖아요, 약국 일에, 가족 일까지…… 그렇게 급하게 하실 말씀이 뭐예요?"

"구단 일이다. 네 아버지가 FC그르노블에 얼마나 애착이 있었는지 너도 잘 알지. 아무튼, 레오네가 차기 구단주로 널 선택했구나. 지분을 모두 너에게 넘겼어."

"저더러 구단주가 되라고요?" 알레시아가 웃음을 터뜨렸다. "말도 안 돼! 아버지가 정신줄을 놓은 게 분명해요."

"네 경력에 도움이 될 거라 생각한 모양이구나. 원한다면 내가 도와주마. 사실 네가 페드로 말라로다와 만날 수 있게 네 아버지가 이미 주선해두었난다. 두 사람은 여러 차례 만난 적 있어. 둘이 서로 공통된 관심사도 있었고 죽이 잘 맞았지."

공통된 관심사라…… 분명 헤로인이다! 알레시아가 알기로는, 그의 아버지는 90년대에 밀라노에 아파트 한 채를 마련했고 그곳에서 정기적으로 성대한 만찬을 열었다. 저명인사들을 초청해서 식사도 하고, 나폴리와 시칠리아의 마피아 동료들과 사업 이야기도 했다. 밀라노의 아파트는 모두를 만족시키는 중립지대였다.

"저더러 말라로다를 만나서 무슨 얘길 하라고요?" 알레시아가 미심쩍어하며 물었다.

"잘 생각해보렴. 널 알리는 좋은 기회가 될 거야. 네가 잘해내면 말라로다가 FC그르노블의 홍보대사가 돼줄 거고. 우리 구단 유니폼을 입고 기자들 앞에서 사진 촬영 시간을 갖는 것까지 레오네가 이미 얘기해두었어. 언론이 흥미를 보이겠지. 사람들은 전부 네가 총괄한 일이라고 믿을 테고, 결국 조직 내에서 네 입지도 좀더 탄탄해질 거다. 어쩌면 아르헨티나까지 다녀와야 할 수도 있어."

알레시아는 당혹스러웠다. 그녀는 무의식중에 책상 위의 스노글로브를 만지작거렸다. 러시아 여행을 다녀온 친구가 선물해준 스노글로브 속에서 반짝이는 하얀 가루들이 칼라시니코프 소총 미니어처 위로 천천히 떨어지고 있었다.

불현듯 알레시아의 머릿속에 아버지가 남긴 편지 내용이 떠올랐다. 알레시아한테는 사업을 도와주기로 한 사람한테서 곧 전화가 갈 거야. 말라로다의 전폭적 지지를 받으며 구단주가 된다…… 분명 인생 최고의 기회였다. 알레시아가 이 기회를 잡는다면 아무리 코시모 란프레디라 해도 마음대로 그녀를 밀어낼 수는 없으리라. 말라로다의 지지를 얻는다는 건 세상 최고의 알짜배기 마약 시장을 장악하는 것보다, 혹은 대부의 후계자를 제거하는 것보다 강력한 표상이었다. 어쩌면 레오네 아캄포라가 딸에게 신의 손*을 선물해준 것인지도.

정오가 되자 알레시아는 흰색 가운을 벗고 모직 더플코트를 걸친 뒤 약국 문을 닫았다. 알랭 부케의 전화를 받고 난 뒤로 그녀의 머릿속에는 구단을 맡을 경우 펼쳐질 새로운 일들에 대한 생각이 끊이지 않았다. 국제대회가 열리고, 세계 각지

---

* 축구 경기에서 결정적인 순간 팀을 승리로 이끄는 핸들링 반칙을 이르는 말. 1986년 월드컵 경기에서 아르헨티나의 마라도나가 핸들링 반칙으로 넣은 골이 득점으로 인정되었고, 이후 "신의 손이 만들어낸 골이었다"고 인터뷰하며 생겨난 말로, 그의 별명으로 자리잡았다.

에서 모여든 카메라들 앞에서 대스타와 경기장에 나란히 앉아 있는 장면을 상상해보았다. 몸에서 날개가 돋치는 기분이었다. 주차장으로 들어선 알레시아는 멀리서 리모컨을 눌러 자신의 방탄 스마트* 차량의 문을 열었고, 운전석에 앉아 명상음악 시디를 틀었다. 그리고 규칙적으로 반복되는 몽환적인 목소리가 이끄는 대로 브라흐마 수련을 시작했다. 이로 혀를 문 채 꿀벌소리를 내면서 그 소리가 만들어내는 진동에 자연스럽게 몸을 내맡기는 명상법이었다. 알레시아가 그렇게 벌들처럼 윙윙 소리를 내는 동안, 자동차는 도시를 가로지르는 간선도로 가운데 하나인 클레망소대로로 접어들었다.

알레시아가 요가와 소프롤로지** 수련을 시작한 건 사업에 처음 발을 들여놓던 시기였다. 그녀는 자기 자신을 다스리는 법을 터득해 이 업계에 도사리는 온갖 위험들에 잘 대처해나갈 수 있기를 바랐다. 아버지 레오네는 살해당하거나 체포당할지 모른다는 두려움에 시달렸고, 그 두려움은 결국 그를 편집증환자로 만들었다. 저녁이면 덧창까지 꽁꽁 닫고 안락의자에 깊숙이 앉아 늘 위스키를 마셔댔고, 언제나 총을 손닿는

* 메르세데스벤츠사에서 생산하는 2인승 소형 자동차.

** 신경정신과 의사 알폰소 카이세도가 서양의 근육이완법과 동양의 선사상 등을 응용하여 고안한 명상법.

곳에 두었다. 그런 아버지의 모습을 보면서 알레시아는 지나친 긴장을 버리고 조금 더 여유로운 마음으로 이 일을 해내겠노라 다짐했다. 예를 들어 채소 껍질을 깎는 동안 다른 생각들은 모두 멈추고 오로지 현재의 순간에만 집중하며 칼날이 지나갈 때마다 주홍색 속살을 드러내는 당근만을 머릿속에 떠올렸다. 그녀는 언젠가 만에 하나 나쁜 놈들에게 납치되거나 감금되더라도 오로지 자신의 호흡에만 집중해서 절대로 호락호락 당하지 않겠다고 다짐했다.

저멀리 빌뇌브 지역의 높고 거대한 아파트 건물들이 눈에 들어왔다. 깎아지른 듯한 건물들은 군데군데 끊어진 산등성이 곡선 위로 두드러져 보였다. 그르노블 시내 중심가에서 멀지 않은 곳에 처음 이 주거 단지가 세워졌을 때만 해도 널찍한 집, 다양한 문화 활동, 풍부한 녹지를 누리는 양질의 삶이 약속된 것 같았다. 하지만 오늘날 빌뇌브는 모든 문제의 집약지가 되어버렸다. 마약 거래의 대부분이 이곳 아파트 계단실에서 이루어졌다. 중산층은 떠났고, 이제는 신문 사회면을 장식하는 폭력 사건들이 주기적으로 일어나는 장소로 변했다.

알레시아는 트램웨이 노선을 따라가다가 보도블록 옆에 차를 세웠다. 아파트 세 동과 작은 체육공원이 있는 곳이었다. 남자아이들이 그물망 없는 골대들 사이에서 축구를 하고 있고, 흑인 청년 둘이 계속 벤치 근처에 서 있었다. 알레시아가 짐작하기로는 파수꾼들이었다.

알레시아는 지저분하게 낙서된 우편함들이 벽면에 가득 붙어 있는 로비를 지나, 엘리베이터를 타고 진동하는 오줌냄새를 잊으려 애쓰며 14층까지 올라갔다. 엘리베이터는 그동안 너무 오래 일한 탓에 지쳐버렸는지 웅웅 소리를 냈다. 마침내 문이 열렸고, 알레시아는 누군가의 집 앞까지 걸어갔다. 라코스테 캡모자를 쓰고 두 눈이 붉게 충혈된 청년이 곧바로 문을 열어주었다.

"안녕, 프레디."

"들어오세요, 아캄포라 씨. 형은 거실에 있어요."

실내에는 마리화나 냄새가 진동했다. 난쟁이는 망가진 소파에 앉아 있었다. 그에게 그런 별명이 붙은 건 키높이 구두를 신어도 키가 160센티미터밖에 안 되었기 때문이다. 탈색한 머리카락에 밝은 초록색의 뱀눈이 인상적이었다. 후드티 위로 도금 목걸이가 보였다.

자니 형제는 오래전부터 알레시아를 위해 일했다. 알레시아는 그들이 자신에게 충성하고 있다는 사실을 잘 알았다. 그들과의 관계가 처음부터 좋았던 건 아니다. 그녀가 자니 형제를 처음 만난 건 대학 캠퍼스에서 대마초를 팔던 그들을 손봐주려고 부하들을 데리고 갔을 때였다. 형제는 일을 빼앗기지 않으려고 집요하고 악착같이 버텼고, 그 모습이 알레시아에게 꽤 인상깊었다. 결국 그녀는 자니 형제에게 대마초를 판매책들에게 유통하는 일을 맡겼다. 경쟁 상대를 흡수해버리는 영리한 방식이었다.

한번은 누가 자니 형제를 상대로 사기를 치려 한 적이 있었는데, 그러자 난쟁이가 커터칼로 상대의 얼굴을 그어버렸다. 그후로 난쟁이는 건드리지 않는 편이 나은 사나운 놈이라는 명성을 얻게 되었다. 알레시아는 형제에게 더욱 관심을 가지게 되었고, 전보다 중요한 임무를 맡겼다. 그렇게 서서히 자니 형제는 믿고 일을 맡길 수 있는 상대가 되었다. 심지어 다발경화증을 앓고 있는 형제의 어머니에게 알레시아가 치료약을 구해주기도 했다. 이제 빌뇌브의 마약 거래 상당 부분이 자니 형제의 손안에서 이루어지고 있었다.

난쟁이는 마시던 맥주캔을 마저 비운 뒤 큼직한 주먹으로 캔을 구겨버렸다.

"앉으세요, 아캄포라 씨. 동생이 마테차를 준비할 거예요."

아파트 내부는 장식이라고는 찾아볼 수 없었다. 벽에 바른 페인트는 비늘처럼 일어났고, 바닥에는 때묻은 리놀륨타일이 깔려 있었다. 낮은 탁자 위에 담뱃잎 부스러기와 꽁초가 가득

찬 재떨이가 놓여 있고, 수북이 쌓인 빈 깡통이 쓰레기통에 들어갈 차례를 기다리고 있었다.

알레시아는 의자에 앉아 담뱃불을 붙였다. 뜨개바늘만큼 가느다란 보그 담배가 그녀의 권위를 더해주기라도 하듯이, 그녀는 일할 때만 담배를 피웠다.

주방으로 사라졌던 프레디가 김이 올라오는 찻잔을 들고 돌아왔다.

"너희 도움이 필요해." 알레시아가 말을 꺼냈다. "우리 아버지가 혼수상태라는 소식은 들었지? 그런데 문제는, 아버지가 어머니를 죽여달라고 킬러를 고용해놨다는 거야. 알츠하이머 때문에 제정신이 아니었나봐. 이십 년도 더 지난 일로 복수하겠다고 엄마를 죽이라고 했다니까."

"너무하네요." 난쟁이가 응수했다.

"혹시 들은 얘기 없어? 아버지가 일을 맡겼을 만한 사람에 관해서?"

"여기선 아무 말도 없었어요." 프레디가 말했다. "있었으면 모를 수가 없어요."

"그자를 찾는 일을 도와주면 약 판매 할당액을 올려줄게. 약국에 수부텍스와 암페타민 재고량도 두 배로 올려놓을 수 있고."

난쟁이는 재떨이에 담긴 마리화나 담배를 집느라 몸을 숙였다.

"보스들은 뭐래요?"

"레모는 요양원에 있고, 그 아들은 아직 코빼기도 안 보여. 란프레디 사람들한테서는 아무런 도움도 기대할 수 없어."

"한번 알아볼게요."

알레시아는 외투 주머니에서 약국에서 쓰는 종이봉투를 꺼내 탁자 위에 던졌다.

"선금이야."

알레시아는 자리에서 일어나 창밖에 펼쳐진 풍경을 감탄하며 바라보았다. 발아래 그르노블 전경이 펼쳐졌다. 이탈리아와 자연국경을 이루는, 도시 외곽으로 향할수록 웅대해지는 바위 습곡들이 눈에 들어왔다. 북쪽으로 레모 란프레디 소유의 스키장도 보였다. 스키를 타러 온 사람이 리프트를 한 번 이용할 때마다 레모에게 1유로가 돌아갔다. 이탈리아의 바닷가 휴양도시들이 코사 노스트라의 것이라면, 산악지대는 란프레디 패밀리의 것이었다.

"그리고 새로운 시장도 하나 뚫었어. 구리 루프 제조사야." 알레시아가 말을 이었다.

"그게 뭔데요?" 프레디가 물었다.

"엄마가 널 임신하기 전에 꼈어야 했던 거야, 멍청이야." 난쟁이가 말했다.

"제조업자한테 시장가 이하로 구리를 공급하기로 약속했어. 롬인*들이 수거해오면 우리가 제약업체에 넘기는 거지. 수익이 꽤 괜찮을 거야. 고철업자들하고 거래를 맡을 사람이 필요한데, 어때?"

"좋아요." 난쟁이가 대답했다.

"그럼 됐고, 한 가지 더 있어. 아왁스 루암바를 좀 처리해야겠어. 그 빌어먹을 자식이 내 제안을 거절했어. 해결하고서 그 옆에 동종요법 약통을 한 개 남겨놓고 와. 누가 한 일인지 알려져야 하니까. 누구든 나를 열받게 하려는 놈한테는 경고를 해야지."

---

* 북부 인도에서 기원한 소수 유랑 민족. '집시'라고도 불린다.

9

미셸은 필요한 물건을 최소한으로 챙겨 여행 가방에 쑤셔 넣었다. 속옷, 바지 두 개와 셔츠 세 장, 양말 두 켤레, 스웨터 하나, 선글라스, 그라파 세 병, 지폐 뭉치, 그리고 권총 한 자루가 전부였다. 머리는 아주 짧게 잘라 검은색으로 염색했고, 눈에는 파란색 렌즈를 꼈다. 누구인지 거의 알아보기 힘들었다. 이전의 그녀를 알아볼 수 있게 하는 건 입에 문 미니 시가뿐이었다.

시가 연기가 소용돌이를 그리며 천장으로 피어오르는 동안, 미셸은 고요한 거리 풍경을 지켜보았다. 고양이 한 마리가 큰 도로 쪽으로 달려가더니 담장 뒤로 사라졌다. 고급 주택들이 모여 있는 이 동네에선 늘 아무 일도 일어나지 않았다. 거리엔 기껏해야 자전거 타는 아이들, 개를 데리고 동네 한 바퀴 돌러 나온 노인들이 전부였다. 레오네는 가족과 함께 살 곳으로 시내에서 멀고 차도 많이 다니지 않는 조용한 동네를 골랐다. 으리으리한 저택들, 배기량 큰 차들밖에 보이지 않는 이곳은 미국 교외의 고급 주택가를 떠올리게 하는 눈부신 성공의 땅이었다.

하지만 최근의 사건들을 겪으며 줄지어 늘어선 한적한 정원들이 미셸에게는 전과 다르게 보였다. 킬러가 어딘가에 숨어서 엿보고 있는 건 아닐까? 그런 생각을 하면 온몸에 소름이 끼쳤다. 킬러가 능숙한 손재주를 발휘해서 한번에 목을 베어준다 해도, 혹은 심장에 총을 겨눠 즉사시켜준다 해도, 어쨌든 그 순간은 끔찍할 것 아닌가. 그다음엔? 정말로 최후의 심판이란 게 있다면, 남편이 저지른 범죄에 연루된 그녀도 함께 심판받게 될까? 그동안 미셸은 혹시라도 재판정에 서게 될 때를 대비해 자기변론을 준비해두었다. 그녀는 무구한 척하기로, 정말 아무것도 몰랐다고 주장할 셈이었다. 하느님이 이 땅의 재판관보다 더 엄하지는 않을 테니, 그 앞에서도 똑같이 말해볼 수 있지 않을까?

바로 그때 이웃집 남자가 플라스틱 슬리퍼를 끌며 집 앞 자갈길로 나왔다. 미셸은 어쩌면 남자가 조끼 속에 엽총을 감추고 있을지도 모른다고 경계하면서 그의 움직임을 지켜보았다. 하지만 남자는 그저 우편함을 열고 신문을 꺼내 옆구리에 꼈다. 어서 이 집을 떠나야 했다. 안 그랬다간 정신이상이 될 것 같았다. 문득 미셸은 거실 수납장 거울에 비친 자신을 보고 소스라치게 놀랐다. 거울 속 여자는 너무 낯설었다. 적어도 변신은 성공적이었다. 짧은 머리도 무척 잘 어울렸다. 성도 바꿔야 할까? 사실 미셸 정도의 나이가 되면 성 같은 건 더이상 중요하지 않았다. 얼마든지 바꿀 수 있었다. 정말로 바꿀 수만 있다면 이왕이면 멋들어진 성을 고르고 싶었다. 예를 들어 드골 같은 성. 외국으로 가서 드골 장군하고 먼 친척 관계인 척하면 기회가 열릴지도 몰랐다. 미셸 드골. 그럴듯해 보이는 이름이다. 이제 그녀에게는 무엇이든 가능했다. 넓디넓은 가능성의 장 앞에서 살짝 취기까지 돌았다. 어떤 삶이든 마음대로 꿈꿀 수 있을 터였다. 은퇴한 모델, 경비원, 정육점 주인, 심지어 교도소 간수가 될 수도 있다. 하지만 아마도 그녀는 무역업을 하던 사업가의 아내 역을 택할 것이고, 남편이 먼저 세상을 떠난 슬픔을 잊기 위해 세상을 돌아다니는 중이라고 말할 것이다. 그건 한 점 거짓 없이 있는 그대로의 진실이기도 했다.

미셸이 다시 커튼을 닫으려는데 스쿠터가 좁은 길을 급하게 내려오더니 우편함 앞에서 속도를 늦추었다. 곧이어 초인종이 울렸다. 문구멍으로 손자가 온 걸 확인한 미셸은 조심스럽게 문을 열었다.

"안녕하세요, 할머니?"

마테오는 레오네 밑에서 일하는 조무래기 건달들과 다름없는 차림새였다. 젤 바른 머리카락, XXL 사이즈 청바지, 운동화, 귀의 피어싱까지, 영락없었다. 미셸은 곧바로 준비해둔 여행 가방을 챙겨 들고 모피코트를 걸쳤다. 몇 년 만에 입어보는 옷이었다. 흰담비 모피는 한참 전에 유행이 지나 있었다.

떠나기 전 미셸은 주위를 둘러보았다. 어쩌면 이 집을 다시 볼 수 없으리라. 그녀는 바로 여기서 두 딸을 키웠고, 이곳에 정계 인사들과 사업가, 스포츠계 사람들, 연예계 스타들을 초대해 저녁 만찬을 열기도 했다. 심지어 장뤼크 들라뤼*도 왔었다! 이 집 거실을 거쳐간 것들은 또 얼마나 많은가! 총기, 마약, 하이파이 오디오 세트, 스마트폰, 캐비아, 돈 가방, 외래동물, 다이아몬드, 그리고 시체…… 대리석 바닥에 나선 계단이 있는 이 화려한 저택은 나폴리와 마르세유 항만에 있는 창

* 프랑스 공영방송의 토크쇼 진행자이자 프로듀서.

고의 연장선인 셈이었다. 다시 말해 이 집은 미셸의 성공을 말해주는 징표인 동시에 지금 처한 곤경의 근원이었다.

미셸은 열쇠를 돌려 문을 단단히 잠갔다. 영원히 돌아오지 못할 수도 있다는 생각에 아쉽기는 했지만 휴가 동안 머물던 집을 떠날 때의 느낌과 크게 다르지는 않았다. 오히려 설명할 수 없는 안도감이 들었다. 단 한 번도 구체적으로 계획을 세워본 적은 없지만, 어쩌면 평생 이 집을 벗어날 순간을 꿈꿔왔는지도 몰랐다.

밖으로 나오니 손자가 담배를 피우고 있었다. 마테오는 할머니의 가방을 두 손으로 받아든 뒤 스티커가 잔뜩 붙은 빨갛고 노란 헬멧을 내밀었다. 미셸이 스쿠터 뒷자리에 올라앉자 마테오가 시동을 걸고 사이드스탠드를 접어 올렸다.

"제 허리 잘 잡으세요. 조심조심 갈게요." 마테오가 말했다.

"네 할아버진 500시시짜리 오토바이를 몰았는걸." 미셸이 스쿠터의 엔진소리 때문에 목청을 높여 대답했다. "걱정 말고 달려도 돼. 무섭지 않아."

마테오는 피우던 담배를 길가의 도랑에 던진 뒤 속도를 올리며 달려나갔다. 미셸은 마테오의 등에 바짝 붙어앉아 양손으로 그의 점퍼를 움켜쥐었다. 스쿠터는 나란히 늘어선 집들을 따라 달렸다. 한결같이 똑같은 사각형 잔디밭에 정원용 테이블과 트램펄린, 어린이용 축구 골대, 축소판 신전을 연상시키는 벽돌 바비큐 그릴을 갖춰놓은 집들이 연이어 스쳐지나갔다. 오랫동안 자신의 일상을 이루던 풍경이 멀어지는 동안, 미셸은 대량으로 똑같이 건축된 이곳의 집들은 결국 버려질 운명을 타고났다는 묘한 확신이 들었다.

그들은 코랑*을 지나 국도로 접어들었다. 미셸이 헬멧의 실드를 들어올리자 바람 때문에 눈이 따가웠다. 발밑으로 지나가는 아스팔트가 오토바이 속도 때문에 거의 반질반질해 보였다. 저멀리 오염된 대기 속에 이리저리 얽힌 그르노블의 간선도로들과 알프스의 뚜렷한 윤곽이 눈에 들어왔다. 미셸은 머릿속을 비우려 애썼고, 마취 상태에 빠진 기분이 들었다. 스쿠터가 트럭을 들이받는다 해도 아무것도 느끼지 못할 것 같았다. 그녀는 오래전 레오네와 오토바이를 탈 때처럼 양팔로 손자의 허리를 꼭 끌어안고 등에 기댔다. 레오네가 모는 오토바이를 타고 시골길을 달리던, 혹은 주말을 보내러 밀라노에 가던 때가 떠올랐다. 날씨 좋은 날엔 도롯가 레스토랑에서 점심을 먹었고, 밑단에 술 장식이 달린 파라솔 아래서 아니스 술

* 그르노블에서 북동쪽으로 5~6킬로미터 떨어진 소도시.

을 마셨다. 가다가 마음에 드는 게 보이면 무조건 챙겨넣었다.

그 시절은 완전히 끝이었다.

미셸은 또 한번 궁금해졌다. 남편의 머릿속에 그녀를 살해해야겠다는 생각이 처음 싹튼 건 언제였을까? 텔레비전 앞에 같이 앉아 〈톱 셰프〉를 볼 때? 베르나르와 낚시 내기를 하는 동안에? 일요일에 함께 장을 보면서? 이런 생각을 하는 동안 욕지기가 일었다.

스쿠터는 이차선도로를 벗어나, 산으로 둘러싸인 좁은 땅 위에 기하학적 형태로 펼쳐진 밭들 사이를 달렸다. 미셸은 수시로 백미러를 살피며 따라오는 사람이 없는지 확인했다. 빨간색 볼보 차량이 잠시 따라오는 것 같았지만, 조금 전 생테그레브 방향으로 좌회전했다. 레오네가 병이 난 이후로 단 한 번도 벗어나지 못한 도시를 떠나면서 미셸은 오히려 안도감을 느꼈다. 엔진소리를 자장가 삼아, 깨어나면 다른 세상에 가 있기를 기원하며, 그녀는 눈을 감았다.

다시 눈을 떴을 땐 온통 침엽수림으로 둘러싸인 곳에 와 있었다. 마테오가 어느 산장 앞에 스쿠터를 세웠다. 산장의 덧창은 모두 닫혔고 2층에 작은 발코니가 있었다. 스쿠터의 시동이 꺼지자 빈틈 하나 없는 완전한 적막이 내려앉았다.

"다 왔어요." 마테오가 말했다.

미셸은 스쿠터에서 내려 산장 입구로 다가갔다. 방치된 정원엔 잡초와 엉겅퀴와 가시덤불만 가득했다. 아동용 그네 하나가 한쪽 줄이 끊어진 채 가로 기둥에 매달려 있고, 테라스의 타일 바닥은 이끼투성이였고, 담 옆엔 질그릇 하나가 놓여 있었다. 잔디밭에는 아마도 오래전에 빨랫줄 걸이로 쓰였음직한, 지금은 버려진 시멘트 기둥 두 개가 보였다. 미셸은 마치 폐업한 놀이공원에 들어온 듯한 우수에 사로잡혔다. 세상의 종말이 내려앉은 것 같은 분위기였다. 문득 미셸은 뒤죽박죽으로 혼란스러운 이 마당의 모습이 자신의 삶을 꼭 닮았다고 생각했다.

"할머니, 여기선 조용히 쉬셔도 돼요. 반경 몇 킬로미터 안에 아무도 안 살아요." 마테오가 말했다.

손자의 말을 듣는 순간 미셸은 덜컥 겁이 나면서 위장이 조여들었다. 그 정도로 외진 곳이라면 킬러가 이웃 사람들을 신경쓸 필요도 없이 아무도 모르게 일을 해치울 수도 있다는 말 아닌가? 미셸의 불안을 알 리 없는 마테오는 여행 가방을 들고 입구 계단을 올라 열쇠로 문을 열었다.

안으로 들어서니 얼음 같은 냉기와 퀴퀴한 냄새가 훅 끼쳤다. 덧창 나무살 사이로 새어든 햇빛이 바닥에 다섯 개의 긴

띠를 그렸고, 그 빛에 옷장과 낮은 탁자, 벽난로 앞에 놓인 소파까지, 간소한 실내가 드러났다. 마테오가 덧창을 열었다. 그러자 세월에 빛바랜 연보라색 벽이 눈에 들어왔다. 꽃병 속의 말라버린 꽃, 선반 위의 책 몇 권, 다리 아래로 흐르는 강물 그림 하나가 장식의 전부였다. 숲향기와 산의 속삭임을 실은 미풍이 열린 창틈으로 들어왔다. 미셸은 왠지 온몸의 힘이 빠져나가는 느낌이 들었다. 그녀는 소파 위에 털썩 주저앉았고, 소파 스프링이 삐걱거리는 소리가 음산하게 들려왔다.

"벽난로에 불을 피울게요. 금방 괜찮아지실 거예요." 마테오가 말했다.

"그보단 한잔 마시지 않을래? 내 가방에서 그라파 한 병 꺼내 오렴."

마테오는 부엌으로 가서 자그마한 컵 두 개를 가져왔고, 이어서 2층으로 올라가 담요를 한아름 들고 내려왔다.

잠시 후 미셸과 마테오는 무릎 위에 담요를 덮고, 투명한 술이 든 잔을 손에 들고, 불꽃이 타닥타닥 튀는 벽난로 앞 소파에 앉아 있었다. 그들의 가슴에도 서서히 따스한 기운이 스며들었다.

"뭐 하나 여쭤봐도 돼요?" 마테오가 물었다.

"얼마든지."

"할아버진 사람을 죽인 적 있어요?"

"그 얘긴 관두자." 미셸이 마치 질문을 떨쳐내려는 듯 손사래를 치며 말했다. "지금은 때가 아니야."

"말씀해주세요, 할머니. 할아버지가 시멘트회사 사장이 아니라는 것쯤은 저도 알아요. 제가 바보인 줄 아세요? 어차피 학교에서도 모두들 아는걸요."

미셸이 얼굴을 찌푸렸다. 그녀는 남편의 손에 희생된 사람들 이야기를 하고 싶지 않았다. 더구나 자신이 다음 차례가 될 처지가 아닌가.

"그냥 한두 명 정도." 미셸은 대충 둘러댔다. "정말 어쩔 수 없는 상황이었고. 네 할아버지는 단연코 훌륭한 사업가셨단다."

마테오가 코웃음을 치듯 묘한 미소를 지어 보였다. 미셸은 자신이 무엇 때문에 여기까지 와야 했는지 손자에게 말해줘야 할지 잠시 고민했지만, 가슴속 깊이 박힌 무엇인가에 가로막혔다. 그녀는 이미 무엇이든 침묵하도록 길이 든 것이다. 집에서도 만일 한 아이가 몰래 초콜릿을 훔쳐 먹고 다른 아이가 그 일을 어른한테 이르면, 야단맞는 건 고자질한 아이였다. 어찌되었든 간에 가족처럼 지내는 베르나르와 그런 일을 벌였다는 말을 손자에게 할 수는 없었다.

"나중에 저도 할아버지나 엄마처럼 될 거예요." 마테오가 선언하듯 말했다. "조직을 위해 일할래요."

"바칼로레아부터 잘 치렴. 요새 마피아도 명문대 나온 애들을 뽑는단다. HEC나 ESSEC 같은 경영대학에 가면 기회가 주어질 거야."

미셸이 잔을 내밀자 마테오가 다시 술을 채웠다.

밖에는 어둠이 내리기 시작했다. 갑자기 정원에서 나뭇가지가 부러지는 소리가 났다. 미셸은 화들짝 놀라 핸드백에서 권총을 꺼내들었고, 숨을 참으며 조심스럽게 일어섰다.

"왜 그러세요?" 마테오가 불안한 목소리로 물었다. "그냥 숲에서 나는 소리일 뿐이에요."

미셸은 벽에 등을 대고 서서 재빨리 창밖을 살폈다. 어둠 속 정원엔 미동조차 없는 그림자 말고는 아무것도 보이지 않았다. 잔뜩 긴장한 채로 아주 작은 움직임까지 지켜보던 미셸이 마침내 자리에 앉았다.

"미안하구나. 이런 자연 속에 들어와 있으니 피해망상이 생기네."

미셸과 마테오는 말없이 밤의 적막에 귀를 기울였다. 올빼미 울음소리와 타닥타닥 장작 타는 소리 외에는 온 세상이 고요했다. 문 쪽을 바라보던 미셸은 안쪽 걸쇠가 하나뿐인 것을 발견했다. 발길질 한 번이면 누구든 열 수 있을 것 같았다. 그녀는 몸을 데워주는 알코올에 집중하려고 애썼다. 벌겋게 타오르는 장작들 위로 노랗고 빨간 불꽃이 춤을 추었다. 현실감도 사라졌다. 미셸은 벽난로 속에서 일렁이는 불길을 멍하니 바라보면서, 올빼미 울음소리를 들으면서, 손자와 함께 술을 더 마셨다.

석탄처럼 새카만 구름에 달이 완전히 가려졌을 즈음, 미셸과 마테오는 잠을 청하러 2층으로 올라갔다. 그들은 그라파에 취하고 산이 내뿜는 축축한 냉기에 눌려 그날 밤 깊은 잠에 빠졌다.

10

디나는 바퀴 아래 아스팔트를 짓이겨버릴 기세로 자전거 페달을 힘껏 밟으며 암울한 생각들을 곱씹었다. 지하실에서 암거래상들을 고문한 일, 그것까지는 봐줄 수 있었다. 그런데 자기 아내를 죽이려 하다니! 제정신으로 할 수 있는 일이 아니었다. 전부터 아버지에게 정신과 치료가 필요하다고 생각해왔지만, 이 정도로 이상해진 줄은 미처 몰랐다. 이제 아버지는 혼수상태로 병원 침대에 누워서까지 마지막 범죄를 벌이려 하고 있었다. 디나는 리타 아트리아처럼 하지 못한 걸 후회했다. 진즉에 전부 사법당국에 넘겼어야 했다. 디나는 자기가 리타 아트리아만큼 용기가 있었다면 어머니가 지금처럼 궁지에 빠지지는 않았으리란 생각을 떨칠 수 없었다.

잠시 후 샤르트뢰즈산 앞에 버티고 선 흰색 병원 건물이 눈에 들어왔다. 그녀는 자전거 바퀴에 자물쇠를 걸어 기둥에 묶어둔 뒤 자갈길을 걸어갔다. 알레시아는 병원 입구 쪽 벤치에 앉아서 보온병 뚜껑에 마테차를 따라 홀짝거리고 있었다. 디나가 한숨을 쉬면서 옆에 앉았다.

"왔어? 괜찮아?" 알레시아가 말했다.

"뭐…… 그놈의 킬러 때문에 잠을 통 못 잤어."

"약국에 들러. 멜라토닌 좀 줄게. 불면증에 좋고 기력 회복에 도움이 돼. 어쨌든 이젠 편안히 자도 돼. 엄마는 잘 도착했고, 거기선 안전하니까."

"그럼 이제……"

"킬러는 내가 어떻게 해볼게. 주변에 도움을 청해놨어. 솔직히 말하면 그다지 기대는 안 돼. 내 생각에 아버지는 이곳 출신이 아닌 다른 킬러를 고용했어. 아무리 정신이 오락가락해도 안 그랬다간 누굴 고용했는지 내가 알아내서 먼저 덜미를 잡을 거라는 걸 알았을 테니까. 제일 간단한 방법은 아빠에게 직접 듣는 거야."

"말이 돼? 아빠는 지금 혼수상태잖아."

"그래도 소통을 시도해봐야지."

"어떻게? 텔레파시라도 쓰게?"

"인터넷에서 읽었어. 감정적인 충격을 받으면 혼수상태에서 깨어나기도 한다고."

알레시아는 머릿속에 어렴풋한 계획이 싹트기 시작할 때면 늘 짓던 단호한 표정을 지었다.

"아빠를 좀 몰아붙여볼 거야." 알레시아가 말을 이었다. "해봐서 나쁠 거 없지. 한번 해볼 만해."

알레시아는 차를 마저 마시고 보온병 뚜껑을 닫았다. 아버지를 몰아붙인다…… 디나는 내키지 않는 표정으로 일어섰다. 제발 알레시아가 병원에서 소동을 일으키지 않기만을 바랐다.

병원 건물에 들어선 자매는 안내데스크의 여자에게 아버지의 병실을 물어보았다. 그리고 엘리베이터를 타고 올라가서 알레시아가 병실 문손잡이를 조심스럽게 밀었다. 문이 열린 뒤에도 두 사람은 마치 낯선 나라의 국경선에 선 사람들처럼 주저하면서 얼마간 문앞에 그대로 서 있었다.

병실은 삑삑거리는 기계음 외에는 그야말로 텅 빈 대성당처럼 고요했다. 알레시아와 디나는 숨죽인 채 병실로 들어가 침대 옆 의자에 앉았다. 레오네는 파리한 낯빛으로 병상에 누워 있었고, 가슴이 아주 미세하게 오르락내리락했다.

한없이 약해진 아버지를 지켜보던 디나는 아버지가 거의 정직한 사람이 된 것 같은 느낌이 들었다. 사실 발병한 뒤로 전보다는 좀더 인간적으로 변한 것 같았다. 최근 몇 달 동안에는 잠옷 바람으로 요양원 복도를 왔다갔다하며 〈우체부가 안 오네〉나 〈크레이프를 만들자〉 같은 동요를 흥얼거렸고, 심지어 베르나르가 키우던 토끼가 죽었다는 소식을 듣고 연민을 표하기도 했다. 킬러를 고용해 사람을 열 명도 넘게 죽인 이에게서 기대할 수 있는 최대의 연민이었다. 디나는 아버지의 손을 건드려보다가 예상과 달리 따듯해서 깜짝 놀랐다.

"아빠, 우리 왔어요." 디나가 말했다.

"좀 어때요?" 알레시아도 인사했다.

자매는 잠시 귀를 기울였지만 아무 소리도 들리지 않았다. 거의 손으로 느껴질 듯 무겁게 가라앉은 침묵이었다.

"좋아요. 우리 얘기가 들린다니까, 그럼 잘 들으세요." 알레시아는 마치 그렇게 하면 아버지에게 더 잘 전달될 수 있다고 믿는 듯이 귓가에 바짝 대고 말했다. "엄마한테 다 들었어요. 장난으로 그런 거면, 꽤 재미있었어요. 아버지가 믿는 그 명예 규율은 구닥다리예요. 70년대 이후 아무도 신경쓰지 않는다고요. 엄마를 죽이려고 누굴 고용했는지 말해줘요. 내 말이 들리면 눈꺼풀에 힘 한번 줘보세요."

자매는 아버지의 얼굴에 아주 작은 변화라도 보이는지 숨을 참으며 바라보았다.

"눈꺼풀에 힘주라고요." 알레시아가 이를 악물며 다시 한번 말했다.

복도에 응급카트가 지나가면서 금속들이 철그렁거리는 소리가 났다. 레오네는 절대로 깨어날 수 없는 깊은 잠에 빠져 있는 듯했다.

"다른 방법을 써야겠네. 아빠, 깜짝 놀랄 선물이 있어요. 아빠가 다니 브리양을 정말 좋아하잖아요. 티에리 친구가 음반 회사에서 일하는 거 알죠? 그 사람이 다니 브리양한테서 사인 시디를 받아왔대요. 아빠 이름까지 적어서, 오로지 아빠만을 위해서요. 잠깐만요, 브리양이 뭐라고 썼는지 읽어줄게요. 레오네 씨에게. 어서 쾌차하시길 바랍니다. 당신의 음악적 친구, 다니. 아빠가 깨어나면 다니가 투어 콘서트를 할 때 공연이 끝나고 분장실에서 직접 만나볼 수도 있대요. 어때요?"

레오네의 반응은 알레시아가 일기예보를 읽었을 때와 다르지 않았다.

"그만해." 디나가 한숨을 내쉬며 말했다.

하지만 알레시아는 이미 점퍼 안주머니에서 전지가위를 꺼내고 있었다.

“그게…… 뭐야?” 디나가 더듬거리며 물었다.

알레시아는 대답 대신 아버지가 덮고 있던 시트를 확 걷어버리더니, 가윗날 사이에 발가락 하나를 넣었다.

“일어나요!” 그녀가 절규하듯 말했다. “지금 안 일어나면 잘라버릴 거야!”

“미쳤어?” 디나가 소리쳤다.

“셋까지 셀 거야. 얘기 안 하면 정말 잘라요. 그다음엔 다른 발가락도 자를 거야. 하나, 둘……”

“세상에! 너 지금 무슨 짓을……”

“셋!”

아주 꽉 잠긴 잼 뚜껑을 열려고 애쓸 때처럼 알레시아의 얼굴이 일그러졌고, 그와 동시에 발가락 하나가 피를 튀기며 매트리스 위로 떨어졌다. 붉은 핏자국이 침대 시트에 번져나가는 동안 생체 신호 모니터에서는 여전히 단조로운 기계음이 이어졌다. 레오네는 발톱을 깎은 것만큼도 불편한 기색이 없었다. 알레시아는 아무렇지도 않은 표정으로 침대 옆 협탁에 놓인 몽셰리 초콜릿 상자 옆에 가위를 내려놓더니 곧 핸드백에서 붕대와 멸균거즈를 꺼냈다. 아버지의 발가락을 지혈하는 알레시아를 바라보면서 디나는 욕지기가 일었다.

알레시아는 잘린 발가락을 싸서 외투 주머니에 넣은 뒤 발가락이 잘린 것을 감추기 위해 잘린 부위에 발가락 모양 스펀지 캡을 씌웠다. 늘 그랬듯 그녀는 전부 예상하고 준비해 왔다.

"미안해요, 아빠. 우린 가볼게요. 좀 쉬세요." 알레시아가 아버지 이마에 입을 맞추며 말했다.

밖으로 나온 디나는 차가운 공기를 길게 들이마시며 마음을 가라앉히려 애썼다. 손이 자꾸 떨렸다. 정작 알레시아는 태연한 얼굴로 스마트폰 자판을 두드렸다. 자매는 아무 생각 없이 좁은 길을 따라 걸음을 옮겼다. 옆에 보이는 타원형 연못에는 수련이 피어 있었고, 탁한 물속에서 금붕어들이 어른거렸다. 벤치에는 양팔에 깁스를 하고 머리에 붕대를 감은 젊은 남자가 앉아 담배를 피우고 있었다. 그러다 한순간 알레시아를 본 남자가 공포에 사로잡힌 듯 벌떡 일어서서 응급실 쪽으로 급히 사라졌다.

"아는 사람이야?" 디나가 물었다.

"처음 봐." 알레시아가 대답했다. "같이 점심 먹을까?"

"미안, 동료와 먹기로 했어. 어차피 네 덕분에 식욕이 다 달아났지만."

"설마 아빠가 불쌍해서 그러는 건 아니지? 발가락 하나 잘린 게 무슨 큰일이라고."

"너도 아빠 못지않게 제정신이 아니야."

"새침 떨지 좀 마. 내 말 잘 들어. 엄마는 이 나라를 떠나야 해. 내가 위조 신분증을 구해볼 거야. 진짜 신분증을 가지고 떠나는 건 위험해. 공항마다 끄나풀이 있어서 킬러가 뒤를 밟기 쉽거든. 참, 나 태극권 수업에 새로 등록했어. 언니도 한번 해봐. 도움이 될 거야."

디나는 대답 없이 자전거가 있는 곳으로 향했다. 자전거를 묶어둔 자물쇠를 열면서 그녀는 알레시아가 아버지의 발가락을 가져가서 어떻게 할지 궁금해졌다. 아마도 아버지가 깨어날 때를 대비해서 냉동시켜놓으려는 것 같았다. 하지만 알레시아는 자기 집 정원 퇴비에 그 발가락을 던져넣고도 남을 사람이기도 했다.

11

레슬리는 긴급구호단 사무실 근처 레스토랑에서 디나를 기다리고 있었다. 통계학을 전공한 그녀는 긴급구호단이 개입하는 나라들로부터 자료를 제공받아 도표, 그래프, 로지스틱 회귀분석 자료를 만드는 일을 했다. 또한 롬인들에 대한 전문가이고 롬어의 기본 구조를 알고 있어서, 구호단의 현지 활동에 동행하기도 했다. 디나가 식당 안으로 들어와 레슬리 앞에 앉았다.

"옷에 무슨 자국이야?" 레슬리가 물었다.

디나가 고개를 숙여 보니 아버지의 피가 가슴팍까지 튀어 있었다.

"아, 코피가 났어…… 사무실은 어때?" 디나는 분위기가 쳐지지 않도록 곧바로 되물었다.

"그야 뭐…… 늘 그렇듯이 칙칙하지. 아버지는 어떠셔?"

"여전히 혼수상태."

"회복 가능성은 있고?"

"아니. 더는 할 수 있는 게 없는 것 같아……"

그 순간 디나는 알레시아가 주머니에 넣어 가져간 아버지의 발가락이 떠올라 다시 욕지기가 일었다. 결국 메뉴판에서 고기 대신 구운 염소치즈 샐러드를 골랐다.

"아 참, 브뤼노와 장이브를 고발한 익명 편지, 네가 쓴 거 맞지?" 레슬리가 공모의 눈빛을 보내며 물었다.

"파트리샤가 그 잘난 건의함 이야기를 꺼내는데 도저히 참을 수가 없었어. 뭐 새로운 일 있어?"

"말도 마! 파트리샤가 난리를 쳤어. 건의함을 내부고발에 이용하는 건 용납할 수 없다나? 문제가 있었다면 자기한테 직접 말했어야 한다는 거지. 그러고는 단체정신에 대해서 일장 연설을 늘어놓더라."

"단체정신 같은 소리 하네!" 디나가 얼굴을 찡그렸다.

"어쨌든 파트리샤로선 여자에 미친 그 두 인간을 불러다 앉힐 수밖에 없었지. 둘 다 보름 동안 직무정지를 당했어."

"생각보다 약하네."

"본부에서는 할 수 있는 일이 없다고 말하고 싶겠지. 파트리샤는 어떻게든 덮어주려 하고. 하지만 불안할 거야. 혹시라도 언론에 새어나갔다간 돈줄이 흔들릴지 모르니까."

디나는 파트리샤가 이 문제를 덮느라 머리를 쥐어짜는 모습을 상상하자 기분이 좋아졌다. 긴급구호단의 명성에 금이 갈 수 있다는 위협만큼 파트리샤에게 치명적인 공격은 없었다. 홍보가 무너지면 그녀는 아무것도 아니었다. 파트리샤는 이 비정부기구로 오기 전 정원용품 계열사를 경영했었다. 그런데 경영대학원 동기 중 한 사람이 그녀가 가진 경영 전문 지식을 빈곤과 싸우는 국제단체들을 위해 써주지 않겠느냐고 제안한 것이다. 가난한 사람들 일이라고 돈이 되지 말라는 법은 없었다. 그렇게 해서 파트리샤는 잔디 깎는 기계와 정원용 호스를 팔다가 단숨에 기아에 시달리는 아이들과 전쟁 난민들의 세계로 넘어왔다. 그녀는 긴급구호단도 자신이 전에 하던 방식으로 경영했다. 대상이 무엇이든 간에 그녀에게는 오로지 재무 상태와 자신의 경력 관리만이 중요했다.

"파트리샤가 알면 널 해고할 거야." 레슬리가 말했다.

"할 수 없지. 어차피 더는 그 여자 밑에서 일 못하겠어. 브뤼노하고 장이브는 반응이 어땠어?"

"처음엔 아무 일도 없었다는 듯이 행동했는데, 곧 외톨이처럼 커피자판기 앞을 서성댔지. 직무 정지를 당한 뒤로는 주인 잃은 빈방이 그 처지를 대변하고 있고."

그때 서빙 직원이 와서 주문한 음식을 내려놓았다. 디나는 흡족한 마음으로 입가에 미소를 머금고 샐러드 위의 구운 염소치즈 토스트를 자르기 시작했다. 나쁜 자식들을 고발하는 건 언제나 즐거운 일이다.

두 사람의 대화는 그르노블 교외 지역 롬인들의 거주지에 퇴비화장실을 설치하는 문제로 넘어갔다. 레슬리는 그 사업에서 재정 확보 계획을 담당하고 있었다. 오늘 아침 현지에 나갔던 레슬리는 놀랍게도 롬인들이 커다란 세단 승용차를 사 놓은 걸 보게 되었다. 그들에게 전에 없던 큰 수입이 생긴 모양이었다.

잠시 후 레슬리가 계산서를 가져다달라고 손짓했다. 그녀는 여러 입찰 공고에 대응하는 표준절차를 정하기 위한 팀 회의 때문에 두시까지 사무실로 돌아가야 했다. 불행히도 파트리샤가 새로 만들겠다던 그 문제의 특별팀에 낀 것이다.

"어쩔 거야? 다시 출근할 거지?" 레슬리가 물었다.

"난 지금 병가중이야. 우리가 만났다는 얘기는 하지 말아줘." 디나가 말했다.

가족 주치의가 그녀에게 진단서를 써주었다. 중이염이나 독감 치료뿐 아니라 부상당하고 도피중인 조직원들의 수술까지 도맡아 하는 의사였다. 그는 살과 장기에 위험하게 박힌 총알들을 꺼내는 데 출중했다. 법보다 인간의 건강을 중시하는 사명감이 투철한 의사였고, 따라서 병실에 누운 아버지를 간호할 수 있도록 디나에게 며칠 휴가를 만들어주는 것은 그에게 너무도 당연한 일이었다.

집으로 돌아온 디나는 블라우스를 벗어 핏자국에 비누질을 해서 빨았다. 전지가위를 들고 손에 힘을 주던 알레시아의 모습이 여전히 문득문득 떠올랐고, 그럴 때마다 핏자국을 더 세게 문질러댔다. 하지만 블라우스에 묻은 피는 피의 주인만큼이나 끈질겼다. 결국 디나는 블라우스를 쓰레기통에 던져버렸다. 그리고 트럼프를 꺼내들고 일인용 카드놀이를 시작했다.

혼자서 카드 배열을 완성해나가는 이런 게임들은 다른 생각이 끼어들 틈을 주지 않기 때문에 정신병원이나 요양원에서 자주 시킨다는 얘기를 디나는 들은 적이 있었다. 긴급구호단 사무실에서 처음 카드놀이를 시작한 건 마치 호수 바닥에 시체가 가라앉듯 일에 대한 의욕이 순식간에 가라앉아버렸을 때였다. 동료들이 세상 사람들의 양심을 자극할 수치들에 열정적으로 매달리고 입찰 공고가 나온 사업을 따내려고 달려드는 동안, 그녀는 흡사 세계 지정학이 달린 결정적인 문제에 몰두한 듯한 표정으로 컴퓨터 모니터 위의 스페이드 배열을 완성했다.

디나는 카드를 아무렇게나 섞었다. 이런 순간이면 지하실에 포도주병과 통조림과 저장용 병들만 쌓아두는 집안에서 자란 사람들이 부러웠다. 알레시아는 이런 정신 나간 집안과 이미 오래전에 타협했다. 규칙들을 받아들였고, 주어진 상황을 이용할 줄도 알았다. 알레시아는 분명 디나와 기질이 달랐다.

카드놀이를 몇 판 하고 난 뒤, 디나는 문득 화초들을 돌보기로 한 결심이 떠올라 곧바로 벽장으로 가서 비료를 찾았다. 물만 주어도 기운을 차린 듯 전보다 생기가 돌았다. 식물들에도 속임약 효과가 있는 걸까? 디나는 이제 자신에게도 비타민 요법이 필요하다는 생각이 들었다. 그녀는 무심결에 지갑을 열어 마르퀴스의 명함을 꺼내들었다. 디저트 아이스크림 유럽 대회 우승자…… 중학교 때 탁구 대회에서 우승했던 남자친구 말고는 어떤 대회가 됐든 우승을 거머쥔 사람과 데이트해본 적이 없었다. 마르퀴스는 분명 인내심과 결단력이 있고 야심도 큰 사람이리라. 그 모두가 지금 그녀의 삶에 꼭 필요한 자질들이었다. 디나는 심호흡을 한 뒤 전화를 걸었다.

"여보세요?" 전화기 너머에서 굵은 목소리가 들렸다.

"안녕하세요? 디나예요. 닭고기 아가씨."

디나는 처음부터 괜히 이상한 말을 한 것 같아 후회가 밀려왔다.

"아, 닭고기 아가씨!" 마르퀴스가 경쾌한 목소리로 대답했다. "전화 기다렸어요. 그래서, 맛은 어땠나요?"

"맛있었어요. 안타깝게도 손님들이 뭐든 맛있게 먹을 기분이 아니었지만요. 거의 손도 못 댔어요."

"식어도 괜찮으니까 마요네즈와 함께 먹어요. 그래도 아주 맛있어요."

"레스토랑에서 저녁 한번 같이 먹자는 제안은 여전히 유효한가요?" 그녀가 불쑥 물었다.

"물론이죠. 모레 저녁 어때요?"

"좋아요."

"괜찮은 레스토랑을 한 곳 알고 있어요. 저녁 여덟시, 법원 건물 앞에서, 어때요?"

"알겠어요."

디나는 기분이 좋아져 전화를 끊었다. 화초들을 향해 공모의 눈길을 던지던 그녀는 자신이 어린 소녀처럼 신이 나 있다는 걸 깨달았다.

12

알레시아는 안경을 코에 걸치고서 도무지 글씨를 알아볼 수 없는 처방전과 씨름하고 있었다. 의사들은 빌뇌브에 돌아다니는 무식한 건달들보다도 글씨를 못 썼다. 신경쓰이는 다른 일만 없었어도 난쟁이한테 이 의사놈을 손봐주라고 하고 싶을 정도였다. 악필 중의 악필이었다. 난쟁이가 의사를 찾아가 그의 뺨에 커터칼을 들이대고 "자, 이거, 이건 대체 뭐라고 갈겨놓은 거야? 이 멍청한 새끼야! 이따위 글씨를 읽어야 하는 약사님 생각은 안 해?" 하며 윽박지를 테고, 그러고 나면 초등학생 같은 또박또박한 글씨로 적은 처방전이 올 것이다.

알레시아는 마침내 V와 m자를 읽어냈고, 처방된 약이 베제봄Vegebom이라는 사실을 알아냈다. 베제봄은 알레시아도 손님들에게 자주 추천하는 크림으로 멍, 상처, 관절통 할 것 없이 어디에나 잘 들었고, 막힌 숨길을 뚫는 데도 효과가 있었다. 그녀는 FC그르노블의 피지컬 트레이너에게도 한 상자 보내줘야겠다고 생각했다. 그리고 곧 미소 띤 표정으로 손님에게 베제봄의 여러 가지 약효를 설명한 뒤 뻐근한 목에 하루 세 번 바르라고 알려주었다.

"정골整骨요법 치료사도 한번 만나보세요." 알레시아는 초록색 튜브에 담긴 베제봄을 건네주며 덧붙였다.

그때였다. 알록달록한 파카 차림의 난쟁이가 약국에 들어왔다. 난쟁이는 먼저 온 약국 손님이 시야에서 사라질 때까지 기다렸다가 판매대 앞으로 다가왔다.

"어떻게 됐어?" 알레시아가 물었다.

"뭐라도 아는 사람이 전혀 없어요. 이곳 사람을 안 쓴 게 확실해요."

"그럴 줄 알았어. 아빠가 그렇게 호락호락한 사람은 아니지."

"미안해요. 나이든 사람들한테 물어봐야 할 것 같아요. 자기들끼리의 관계가 있거든요. 대부는 그 세대잖아요."

"걱정 마. 내가 그 개자식을 찾고 말 거니까. 루암바는?"

"처리했습니다. 어제저녁에 테니스 레슨 끝나고 나올 때 해치웠어요. 배에 세 방 날렸죠. 그런데 재수없게 옆에 지나가던 한 사람이 더 다쳤어요. 전동 킥보드를 타고 지나가던 여자였어요."

"정말 구제불능이구나! 그 여자 이름을 알아내. 병실에 초콜릿 한 상자를 보내고 가족들한테 피해보상을 해줘."

"알겠습니다. 그리고 아프리카놈들이 곧바로 반격했어요. 그날 밤 빌뇌브에서 보복 공격을 했어요. 칼잡이 오마르가 나서서 시테드라베이 사업권을 벌써 다시 손에 넣은 것 같아요."

"칼잡이 오마르라, 우습네……" 알레시아가 얼굴을 찌푸렸다. "일단은 대응하지 마. 방심할 때를 기다렸다가 덮쳐야 해."

"알겠습니다. 이건 지난주 수입이에요." 난쟁이가 가방을 건네며 말했다.

알레시아는 난쟁이에게 받은 돈을 은밀하게 금고에 넣어두었다. 금고 다이얼을 이리저리 돌려놓은 뒤 그녀는 안락의자에 앉아 생각을 정리했다. 문제를 하나씩 차례대로, 체계적으로 정리해야 했다. 우선 어머니부터 안전한 곳으로 피신시키고, 칼잡이 오마르를 떠봐야 한다. 그자라면 암페타민 거래를 양보할지도 모른다. 알랭에게도 축구 구단을 맡겠다고, 말라로다를 만나보겠다고 연락해야 한다. 내친김에 기자회견도 할까? 알레시아는 이 일들을 다 처리하려면 앞으로 집에서 가족과 저녁식사를 하기는 틀렸다고 생각했다.

알레시아가 핸드폰을 꺼내 번호를 눌렀다.

"마들렌, 알레시아 아캄포라예요. 미셸의 딸요. 엄마한테 문제가 좀 생겨서 그 얘기를 드리려고 하는데 찾아가도 될까요?"

마들렌은 몇 년 전 자동차 사고로 사망한 마피아 간부 뤼시앵 페라지의 미망인이다. 미셸과도 절친한 사이였다. 두 여자는 스무 살 때 나이트클럽도 함께 다녔다. 조금 겉돌던 미셸을 마들렌이 이 세계 여자들의 모임으로 이끌어주었다. 마들렌은 옛 전통 그대로 사는, 마피아의 가치에 충실한 골수 마피아였다. 남편이 재판을 받을 때면 혹시나 남편이 재판부에 협력하지 않는지 확인하기 위해 공판 때마다 방청석에 앉아 있었다. 자기 아들들을 모욕한 반대파 마피아 셋을 방탄 자동차로 밀어버리기도 했다. 그녀는 마피아의 전통대로 아들들을 키웠고, 결국 아들들도 모두 감옥에 들어갔다. 지금은 실버타운에 살면서 아들들을 면회하러 바르스 교도소에 갈 때만 외출했다. 마들렌이라면 미셸을 위해 발 벗고 나서줄 것이다.

늦은 오후에 알레시아는 스마트를 몰고 생마르탱데르로 향했다. 곧 단층집들이 촘촘히 붙어 있는, 집집마다 정원에 잔디가 가위로 자른 듯이 반듯하게 깔린 주택단지에 도착했다. 노

부부가 보행기에 의지해 천천히 인도 위를 걸어가고, 대머리 남자가 벤치에 앉아 공상에 빠져 있었다. 남편을 먼저 떠나보낸 후 마들렌은 레모가 사는 요양원에 들어가기를 거부했다. 자기 조카를 죽이라고 지시한 레모를 용서할 수 없었기 때문이다. 그 대신 그녀는 의사와 가사도우미가 상주하는 노인 공동체 시설을 택했다. 알레시아는 베이지색 회벽 집 앞에 차를 세웠다. 담에 장미 정원이라고 적힌 타일이 붙어 있었다. 하지만 이름과 달리 화단에 장미나무는 보이지 않았다. 알레시아는 차에서 내려 초인종을 누르다 이웃 사람들이 저마다 창문 뒤에서 움직이지 않는 그림자가 되어 자신을 몰래 지켜보고 있단 걸 알아차렸다. 문이 열리고, 희끗한 파마머리에 알이 두꺼운 안경을 쓴 여자가 나타났다.

"알레시아! 이렇게 찾아와주니 고맙구나!" 마들렌이 괄괄한 목소리로 말했다.

알레시아와 마들렌은 포옹하며 인사를 나눈 뒤 집안으로 들어갔다. 라디에이터 위에 고양이가 쉬고 있었다. 가구 위에 놓인 가족사진 속에는 항상 같은 세 남자, 즉 마들렌의 남편과 두 아들의 생애 각 단계의 모습이 담겨 있었다. 마피아 가문의 남자들은 살아서든 죽어서든 언제나 집에 있는 법이 없었다. 말하자면 화려한 집 주변을 떠도는 유령 같은 존재였다. 알레시아가 소파에 앉자, 마들렌은 과자 상자와 찻주전자와 잔을 들고 왔다.

"네 아버지 소식은 들었다." 마들렌이 차를 따라주며 말했다. "참 안됐어……"

"네, 오래 못 버티실 것 같아요."

마들렌은 찻잔에 각설탕 한 조각을 넣고 저었다. 잔 안에서 빙빙 도는 액체를 뚫어져라 바라보며 무언가 깊은 생각에 잠긴 표정이었다.

"네 엄마와 나는 늘 가깝게 지냈지. 우린 우리만의 방식이 있었고, 레모 밑에서 일하는 웬만한 중간 보스들보다 더 입김이 셌어."

"잘 알고 있어요."

"한 가지만 말해주마. 언젠가 마피아 조직을 무너뜨릴 수 있는 건 우리 여자들뿐이야. 우리가 입을 열기로 결심하는 순간 남자들은 죄다 순식간에 감옥행이야."

그 생각에 기분이 좋아진 마들렌은 과자 상자에서 사블레를 하나 집어 베어먹었다.

마들렌 특유의 꿰뚫어보는 듯한 준엄한 눈빛은 여전했다. 사실 그 눈빛 때문에 사람들이 더 그녀를 따르기도 했다. 알레시아는 언제나 거침없이 솔직한 마들렌의 태도가 좋았다. 나무 액자 안에서 미소 짓고 있는 젊은 시절의 뤼시앵 페라지의 사진을 보며 알레시아는 자신이 어릴 적 뤼시앵 페라지가 집에 찾아오던 때를 떠올렸다. 그는 어린 디나와 알레시아에게 늘 막대사탕과 보리사탕을 가져다주었다. 마들렌과 뤼시앵은 눈부시도록 완벽한 부부였다. 그들은 정원에서 정기적으로 바비큐며 각종 핑거푸드에 샴페인도 마음껏 마실 수 있게 차려놓고서 성대한 파티를 열었다. 미셸은 내심 알레시아가 마들렌의 두 아들 중 하나와 결혼하기를 바랐고, 알레시아도 그걸 모르지 않았다. 하지만 그녀는 절대 엄마의 선택을 그대로 받아들이는 부류가 아니었다. 아롱과 조르당이 지독하게 못생기기도 했고, 더구나 그들은 모터스포츠와 사업 말고는 아는 게 아무것도 없었다. 알레시아는 조직 일과는 아무 관련이 없는 모델 일을 하던 티에리와 결혼했다. 티에리를 처음 만난 건 연례 약사 총회가 열리던 박람회장에서였다. 알레시아는 그곳에서 칵테일을 서빙하던 티에리가 첫눈에 마음에 들었다. 일이 끝나면 한잔하자고 그녀가 먼저 말했고, 이후 모든 게 착착 진행되었다. 알레시아와 티에리는 서로의 반쪽이었다. 티에리는 음악이 하고 싶었고, 후원자가 필요했다. 알레시아는 자신의 일에 간섭하지 않고, 밖에서 일하는 동안 집안일을 챙겨줄 사람이 필요했다. 티에리는 모든 항목에서 적합한 남자였다.

"마들렌, 조언이 필요해요." 알레시아가 말을 꺼냈다.

마들렌이 차를 홀짝이는 동안 알레시아는 어머니를 노리는 청부살인 계약 이야기를 털어놓았다.

"아빠와 같이 일하던 사람들을 아시니까, 누가 그 일을 맡았을지 아실 것 같아서요."

마들렌은 오일클로스 식탁보 위에 흩어진 과자 부스러기를 손가락으로 모으면서 생각에 잠겼다. 남편이 죽은 뒤에도 마들렌은 여전히 마피아 내의 일을 전부 파악하고 있었다. 무엇보다 일주일에 한 번씩 면회를 가는 두 아들을 위한 일이었다. 매번 그녀는 아들들에게 티라미수와 직접 만든 라자냐와 함께 마피아 내부 소식을 전해주었다.

"레모의 아들이 킬러라는 데 생라파엘에 있는 내 별장을 걸겠어." 고심 끝에 마들렌이 대답했다.

"코시모요? 코시모가 뭣 때문에 그런 일을 하겠어요?" 알레시아가 놀라 물었다.

"잘 생각해봐. 이제 코시모가 자기 아버지 뒤를 이어야 하잖아. 제대로 자리에 앉기 전에 권위를 세우기에 더없이 좋은 방법 아니겠어? 네 엄마를 제거하면 이제 란프레디 패밀리가 다시 주인이 되었단 걸 모두에게 알릴 수 있게 되지. 아캄포라 패밀리에 본때를 보여주면서."

"우린 지난 몇 년 동안 잘 지내왔어요." 알레시아가 반박했다. "시칠리아인들과 나폴리인들 사이의 갈등은 오래전에 끝났다고요. 이제 우리의 적은 아프리카놈들이에요."

"쉽게 확신하지 마. 네 사업이 잘되고 있고, 네게 야망이 있다는 걸 모르는 사람은 없어. 넌 란프레디 패밀리에 위협적인 존재야. 보나마나 란프레디 쪽에서 어떤 식으로든 불쌍한 네 아빠를 조종했을 거야. 레오네가 입원하기 전에 밀라노에 몇 차례 다녀온 거 알고 있어? 이미 사업에서 물러나는 걸로 다 정리되었을 때였는데 말이야. 난 좀 의아했거든. 병세가 악화되고 있다는 걸 누구나 알고 있었으니까. 무슨 일을 꾸미는 건가 싶었지."

"밀라노엔 원래 수시로 가셨어요. 그곳을 좋아하셨거든요. 그곳에 아파트까지 한 채 마련했을 정도니까요."

"알아. 그런데 이번엔 비밀 회동까지 있었다고. 누구와 함께였는지 감이 와?"

"설마……"

"당연히 코시모지! 확실한 정보원한테 들은 얘기야. 두오모 근처 비토리오에마누엘레 쇼핑센터에 있는 어느 가게에서 만났대. 가게 주인은 원래 그르노블에 살다가 그곳으로 옮겨간 사람인데, 중간 연락책 노릇을 하고 있지. 코시모는 여전히 수배중이라서 전화를 못 쓰잖아. 그날 코시모는 관광객으로 위장해서 인파 속에 섞여들었겠지. 원한다면 내가 주소를 알려주마."

"그날 거기서 아빠가 코시모한테 우리 엄마를 죽이라고 사주했다고요? 말도 안 돼요."

"그게 아니면 무슨 급한 일이 있어서 둘이 만났겠어? 코시모는 도망중이라 쓸데없이 위험을 무릅쓸 이유가 없었다고. 레모가 이 모든 일에 개입한 게 분명해. 요양원에 들어앉아서도 그 인간은 모든 걸 알고 뒤에서 조종하고 있어. 내 조카도 주저 없이 제거한 자잖아. 아들한테 권력을 승계하는 데 도움이 된다면 네 아빠를 이용해서 네 엄마를 죽이는 일이라고 못 할 이유가 없지."

알레시아는 고개를 끄덕이며 머릿속으로 밀라노의 화려한 쇼핑센터를, 그곳의 커다란 쇼윈도와 유명 브랜드 상점들을 떠올렸다. 정말로 코시모가 킬러라면, 부하들을 시켜 무슨 일이 있어도 찾아내야 했다. 아캄포라 패밀리와 란프레디 패밀리는 늘 연합해왔지만, 연합은 언제든 깨질 수 있었다. 우선 마들렌의 말이 맞는지부터 조사해봐야 했다.

그때였다. 갑자기 실내복 차림의 한 노인이 마들렌의 정원에 나타나 잔디에 오줌을 갈기기 시작했다. 화가 난 마들렌이 소파 뒤에 숨겨둔 장총을 꺼내들고 창문을 열었다.

"딴 데 가서 눠! 장피에르!" 그녀가 고래고래 소리쳤다.

노인이 꿈쩍도 하지 않자 마들렌은 어깨에 총을 받치더니 정말로 남자의 발 바로 옆에 총을 쐈다.

"다음엔 무릎에 갈길 줄 알아!"

남자는 슬금슬금 자리를 떴고, 마들렌은 마치 식탁보를 터느라 창문을 열었던 사람처럼 천연덕스럽게 문을 닫고 돌아왔다.

"차 좀 더 줄까?" 마들렌이 물었다.

"네, 더 주세요."

"다음달이면 내가 벌써 여든다섯이야……" 마들렌이 차를 따르며 나지막이 말을 이어갔다. "올겨울을 넘길 수 있으면 좋을 텐데. 두 아들이 감옥에서 나오는 것도 못 보고 죽고 싶진 않거든. 그애들이 나오면 네가 좋은 자리 좀 마련해줄 수 있겠지?"

"애써볼게요."

"내 경험을 믿으렴. 란프레디 패밀리는 이제 끝장이야. 레모는 늙었고, 그 아들놈은 더러운 일에 너무 많이 얽혀 있어. 평생 도망다녀야 하고 손발이 묶여서 제대로 운신도 못할걸."

"그렇죠. 그래도 조직원들은 자기 패밀리를 떠나지 못하잖아요."

"그야 정리하면 되지……"

알레시아가 뜨거운 차를 한 모금 삼켰다.

"이제 아왁스 루암바가 죽었으니 빨리 시테드라베이를 장악하는 게 급선무예요." 알레시아가 말했다.

"넌 늘 영리하게 처리해왔잖니. 빌뇌브와 라베이를 손에 넣으면 네가 주도권을 잡게 될 거야."

알레시아는 고개를 끄덕이며 마들렌과 진한 눈빛을 나누었다. 가족 절반이 죽거나 감옥에 있어도 마들렌은 놀라우리만치 훌륭한 품위를 간직하고 있었다.

마피아가 여자의 모범이었다.

13

희미한 빛이 블라인드 사이로 스며들며 방바닥에 긴 띠를 그렸다. 미셸은 눈을 떴다. 머리가 깨질 듯이 아파 인상을 쓰며 어젯밤 어디서 잠들었는지 기억해내려고 애썼다. 침대 위쪽에 십자가가 걸렸고, 벽 전체가 긴 널판으로 덮여 있었다. 맞은편의 수납장과 그 옆 법랑 세면대가 눈에 들어왔다. 미셸은 재빨리 머리맡의 권총을 잡았다. 그 순간 어제 하루 동안의 일들이 떠올랐다. 스쿠터를 타고 달렸고, 산속 외딴집까지 왔고, 저녁에 마테오와 그라파 한 병을 비우며 이야기를 나눴다. 됐다, 아직 살아 있다. 킬러가 따라붙지는 않았고, 그것만 해도 다행이었다.

미셸은 으슬으슬 몸을 떨며 일어서서 덧창을 열었다. 해가 이미 높이 솟아 있었고, 하늘은 눈부시도록 청명했다. 그 아래로 계곡이 펼쳐졌고, 저멀리 보이는 눈 덮인 바위산 정상을 실구름이 휘감고 있었다. 초원이 산 사면을 따라 습곡까지 이어졌다. 미셸은 신선한 공기를 한껏 들이마신 뒤 옷을 입었다.

부엌으로 내려가보니 마테오가 커피를 마시면서 신문을 읽고 있었다. 식탁 위에는 빵과 버터, 잼병이 놓여 있었다.

"안녕히 주무셨어요?" 마테오가 물었다.

"몇시지?"

"열한시 반이요."

"벌써?" 미셸은 잔뜩 잠긴 목소리로 말했다. "이렇게 늦잠을 잔 게 몇 년 만인지 모르겠구나."

"시골 공기가 좋잖아요…… 가까운 마을에 나가서 크루아상하고 빵하고 돌리프란을 사왔어요. 커피 드실래요?"

미셸은 고개를 끄덕이고는 식탁에 앉았다. 앞에 놓인 잔 받침에 돌리프란 한 알이 놓여 있었다. 세심한 배려였다.

"뭐 좀 드세요. 그럼 좀 나아지실 거예요. 며칠 동안 제가 같이 있을게요. 그다음엔 엄마가 다시 학교에 가래요."

"엄마 말이 맞아. 안 그러면 평생 망보는 일밖에 못할 거야."

미셸은 자신에게 닥친 새로운 삶의 현실을 아주 조금씩 삼

켜내는 기분으로 아주 천천히 커피를 마셨다. 산장 안에는 담배 냄새와 장작불 냄새가 배어 있었다. 벽에 걸린 괘종시계는 바늘이 멈춘 채 시간의 흐름을 잃어버렸다. 미셸은 문득 자신의 마음을 깨달았다. 죽고 싶지 않았다. 어디선가 읽었는데, 우울증 치료 목적으로 환자들에게 번지점프를 시키는 경우도 있다고 한다. 죽음을 가까이서 보게 되면 삶의 욕구가 생긴다는 것이다. 그렇다면 지금 그녀를 쫓고 있는 킬러 역시 같은 종류의 치료를 해주는 셈이었다.

미셸은 미니 시가에 불을 붙인 뒤 윙윙거리는 냉장고 소리를 듣고 있었다. 모든 것을 버리고 아주 멀리 떠나오자, 이제 자신의 목숨을 노리는 위협마저도 비현실적으로 느껴졌다. 하지만 잠시 동안이라도 안전하게 몸을 숨길 곳을 정해야 했다. 아시아는 어떨까? 미셸은 오래전부터 중국이나 베트남 혹은 일본에 가보고 싶었지만, 그 나라들에 대해 아는 것이라고는 잡지에서 본 사진이 전부였다. 언어도 풍습도 낯선 나라에 가서 어떻게 살겠는가? 지구 반대편에 혼자 남게 되면 곧바로 길을 잃고 헤맬 게 뻔하다. 미셸은 모든 관계와 속박에서 벗어나 논 한복판을 배회하는 자신의 모습을 잠시 상상해보았다. 끝내 어디로 갈지 정할 수 없다면 지도책을 펼쳐놓고 손가락으로 아무데나 짚어버리기로 했다. 그러다가 손가락이 몰도

바를 짚으면?

"잠깐 나갔다 올게요. 친구 좀 만나려고요." 마테오가 말했다.

"여기서?" 미셸이 놀라 물었다.

"네. 오래 걸리지 않아요. 가서 인사만 하고 올게요."

미셸은 이곳에 혼자 남아 있기가 무서웠다.

"나도 같이 가도 돼? 그러면서 주변도 좀 둘러보고."

"안 가시는 게 좋아요. 좀…… 특별한 사람이거든요. 별로 마음에 안 드실 거예요."

"왜? 세금 관련 일이라도 하니?"

"몇 년째 산속에서 혼자 살아요. 좀 욱하는 데도 있고요."

"다혈질 남자라면 이미 익숙하단다." 미셸이 크루아상을 한 조각 떼어 먹으며 말했다. "같이 가면 좋겠구나. 바깥바람도 좀 쐬고 싶고."

"아, 할머니. 정말로 그냥 계시는 게 좋을 것 같은데요."

"아니, 같이 가야겠다."

반론의 여지를 남기지 않는 단호한 어조였다.

"그럼…… 엄마한테 절대 말하지 않겠다고 약속하셔야 해요." 마테오가 한숨을 내쉬며 말했다.

"맹세하마. 우리집에서 고자질 같은 건 절대 용납 안 되는 거 알잖니."

미셸은 남은 커피를 마저 마시면서 손자가 무엇을 감추려 하는지 자문해보았다. 과묵한 산사람, 도망자, 전자파에 민감한 사람, 멸종 위기의 곰 말고 도대체 누가 이렇게 외진 데서 살고 있단 말인가?

미셸과 마테오는 자갈길로 들어섰다. 양쪽으로 전나무가 늘어선 굽이진 길이었다. 길을 따라 500미터쯤 걷다가 옆으로 빠져 숲을 가로질렀다. 걸음이 제법 빠른 마테오를 좇느라 미셸은 종종걸음쳤다. 날씨가 추워 두 사람이 숨을 내쉴 때마다 하얀 입김이 피어올랐다. 곧 사방이 탁 트인 곳이 나왔다. 그곳에 서니 언덕들 사이로 자그마한 집 몇 채와 종탑이 내려다보였다. 목장 울타리들은 흡사 푸른 초원 위에 생긴 흉터 같았다. 저멀리 운행을 멈춘 리프트가 보였다. 미셸은 누군가 이곳까지 따라와서 자신의 머리에 권총을 쏜다면 저 알프스도 존재한 적조차 없었던 듯 한순간에 사라져버리리라고 생각했다.

"생프리외예요." 마테오가 아래쪽 마을을 가리키며 말했다. "겨울에는 헬리콥터를 타야 갈 수 있어요."

산과 산 사이 골짜기에 자리한 생프리외는 세상과 완전히 단절되어 보였다. 경찰을 피하기에 이상적인 장소였다.

미셸과 마테오는 숨을 가다듬고 다시 걷기 시작했다. 마을의 지붕들이 전나무와 단풍나무, 가문비나무 뒤로 사라졌다. 나뭇가지 사이로 햇빛이 들면서 마치 금화가 떨어지듯 황금빛 광채가 쏟아져내렸다. 그때 멀리서 굉음이 울렸고, 미셸의 가슴이 요동쳤다. 폭발음은 몇 초 동안 암벽들 사이로 메아리치며 계곡으로 퍼져나갔다.

"사냥꾼들이에요. 여기 제법 많아요." 마테오가 말했다.

"그래, 가자." 미셸이 불안한 마음을 숨기려 애쓰며 조용히 말했다.

잠시 후 숲속 빈터가 나왔고, 누군가 거기서 캠핑 같은 걸 하는 듯했다. 누가 어떻게 여기까지 끌고 왔는지 알 수 없는 고물 트럭 운전칸에 차양이 설치되어 있고 그 아래 테이블과 의자가 놓여 있었다. 물을 가득 채운 양동이, 그 옆 바닥에 냄비, 그릇, 포크와 숟가락 등이 놓여 있고, 왼쪽으로 작은 호박, 당근, 루바브, 근대가 심긴 텃밭도 보였다. 최근에 갈아놓은 듯한 검은 흙 위에 작물들이 자로 잰 듯 반듯하게 줄지어 심겨 있었다.

"이방!" 마테오가 소리쳐 불렀다.

대답 대신 나뭇가지를 흔드는 바람소리만 들려왔다. 미셸의 귀에 언뜻 멀리서 물 흐르는 소리가 들리는 것 같았다.

"여기가 그 사람이 사는 데니?"

"네. 지금은 강가에 있을 거예요. 거기서 낚시도 하고 씻기도 해요."

미셸과 마테오는 수풀이 조금 덜 우거진 곳으로 향했다. 미셸의 구둣굽이 흙 위에 송곳 구멍 같은 뾰족한 자국들을 남겼다. 커다란 가시덤불을 끼고 돌아가자 통나무 다리가 놓인 강이 나타났다.

머리카락과 수염을 길게 기른 남자가 강가에 이젤을 세워놓고 앉아 그림을 그리고 있었다. 그는 양모 안감을 댄 가죽 재킷에 밑창이 너덜너덜한 구두를 신고 주머니마다 붓들을 꽂아둔 긴 치마를 입고 있었다. 남자는 한껏 몰두한 듯 짧은 붓질로 화폭에 색을 입혔다. 옆의 땅바닥에 낚싯대를 꽂아 고정해두었고, 멀지 않은 곳에 적갈색 개가 졸고 있었다.

남자가 고개를 돌리는 순간, 미셸은 놀라서 고함을 지를 뻔했다. 남자의 얼굴 절반이 마치 군인들이 위장 크림을 바른 것처럼 문신에 덮여 있었다. 입술에는 빨간색 물감이 묻어 있고, 치아도 듬성듬성해서 입 한가운데 시커먼 구멍이 보였다. 새 깃털과 돌멩이를 꿴 이상한 목걸이를 목에 건 것이며 잔주름이 진 그을린 피부가 흡사 아메리칸인디언 같았다.

"잘 지냈어?" 마테오가 말했다.

"누구야?" 남자가 의심의 눈초리로 미셸을 가리키며 물었다.

"우리 할머니."

"할머니? 할머니도 물건에 관심 있으셔?"

"아니, 요양차 와 계신 거야. 천식 때문에."

"음……" 이방이 미셸을 훑어보며 불만 섞인 소리를 냈다.

미셸은 한 손으로 주머니 속 권총을 움켜쥔 채, 매혹과 혐오감으로 뒤섞인 알 수 없는 감정으로 이방을 바라보았다. 마테오와 저 남자가 말하는 물건이란 게 뭘까? 미셸은 그림 쪽으로 다가갔다. 강과 다리와 주변의 나무숲을 그린 인상주의 화풍의 그림이었다.

"생프리외에 사는 사람들 집 거실에는 모두 이 그림이 걸려 있어요." 마테오가 설명했다. "이방은 다른 건 안 그리고 이 다리와 강만 그려요. 하지만 실력이 아주 좋죠."

미셸은 산장에서 본 그림을 떠올렸다. 정확히 똑같은 풍경이었다.

"아름답구나." 미셸이 말했다.

그런데 이방의 그림에는 보는 사람을 불안하게 만드는 무언가가 있었다. 그림 속 자연에서 알 수 없는 적의가 느껴졌다. 한순간 남자의 두 눈이 소용돌이치는 강물을 향했다. 미셸은 지금 이 남자가 자기에게만 보이는 어떤 환영을 보고 있으리라 짐작했다. 잠시 후 이방이 턱짓으로 트럭을 가리켰다.

"가서 커피 한 잔 마시죠."

그는 어느새 그림을 치우고 이젤을 접고 있었고, 개가 신나서 그의 두 다리 주위를 맴돌았다. 물건들을 다 정리하고 나서 그들은 함께 이방의 임시 거처로 향했다.

깊은 산속임에도 이방은 나름의 방식으로 안락한 공간을 만들어놓았다. 물론 트럭 운전칸은 더없이 간소했지만, 그래도 선반 하나와 침대로 쓰는 긴 의자가 있고, 심지어 작은 서가도 있었다. 트럭 밖에는 화분들로 영역을 표시해두었고, 나무 깔판에 놓인 조리 도구가 비에 젖지 않도록 나무에 못을 박고 방수포를 매달아 차양을 만들어놓았다.

이방은 뒤집어놓은 궤짝을 의자 삼아 손님들에게 자리를 권하고는 버너에 불을 붙인 뒤 물이 담긴 냄비를 올렸다. 그리고 잔 세 개를 테이블에 놓은 다음 인스턴트커피를 한 스푼씩 넣었고, 작은 접시 위에 카페에서 쓰는 종이로 포장된 각설탕들을 내어놓았다. 그는 일에 골몰한 듯 바삐 움직이면서 꾸르륵대는 이상한 소리를 냈다. 그때마다 개가 좋다는 듯 눈을 치켜떴다.

"여기 산 지 오래됐어요?" 미셸이 트럭 운전칸 안을 곁눈으로 살피며 물었다.

이방은 대답 없이 개에게 고깃조각을 던졌고, 개는 날듯이 뛰어올라 고기를 낚아챘다. 미셸은 레오네와 함께 일하던 코르시카인들이 떠올랐다. 그들은 필요하지 않은 말은 단 한 마디도 꺼내지 않았다. 그들을 보면서 미셸은 쓸데없는 말만 늘어놓는 자신의 몇몇 친구들을 달리 생각하게 되었다.

"여기서 지내기 전엔 생프리외의 어느 집 다락방을 썼어요." 마테오가 이방 대신 대답했다. "그러다 차라리 야외에서 살기로 한 거예요. 친구가 이 트럭을 찾아줬고, 짐을 싸서 옮겨왔죠. 여기선 신경쓸 게 없고 방세도 안 들잖아요."

"귀찮게 하는 사람이 없지." 이방이 맞장구쳤다.

미셸은 커피를 한 모금 삼키며 자연경관을 둘러보았다. 이렇게 고립된 곳에 살다보면 미쳐버리든가 극도로 명철해지든가, 둘 중 하나일 것 같았다. 바닥에 떨어진 솔방울을 발로 밀면서 미셸은 몽상에 젖었다. 이방처럼 외따로 사는 사람에게는 가장 기본적인 생각만 남으리라. 꽃, 모양이 괴상한 구름, 땅에서 돋아나는 새싹…… 사실 오늘날에는 오히려 굉장한 사치로 여겨지는 것들이다. 이방은 이 세상에서 완벽하게 종적을 감추었고, 마치 증발하듯 사회를 떠났다. 이 정도로 확실하게 사라져야 마피아로부터 도망칠 수 있는 건지도 몰랐다.

앞으로 맞이하게 될 미래도 이런 모습일까? 지금껏 거실만 세 개에 홈시네마와 자쿠지 욕조까지 갖춘 400제곱미터짜리 넓은 집에서 살았는데, 이런 삶에 적응하기 쉽지는 않을 터였다.

이방은 손가락을 대고 코를 풀더니 미친 사람처럼 키득거리기 시작했다. 이방에게 이런 삶이 아닌 다른 방식으로 살 기회가 주어질 수는 없었을까? 이제 이방 같은 소외된 사람들한테 일자리나 다시 시작할 기회를 주는 건 레오네 같은 사람들 말고는 찾아보기 힘들었다.

"이렇게 살아가는 사람들한테는 그다지 대단한 게 필요하지 않아요." 마테오가 할머니의 생각을 읽기라도 한 듯 말을 이었다.

"평화만 필요하죠!" 이방은 의기양양하게 말을 보태며 자기 허벅지를 내려쳤고, 그러자 그가 입은 치마에서 먼지가 피어올랐다.

이따금 산들바람이 불어와 초목들을 가볍게 흔들었다. 미셸은 미약하게 남은 온기라도 빼앗기지 않으려는 듯 잔을 두 손으로 더 꼭 감싸쥐었다.

"그래서 얼마나 필요한데?" 이방이 마테오에게 물었다.

"300유로어치." 마테오가 대답했다.

이방은 트럭 운전칸으로 들어가 작은 연갈색 버섯이 든 봉지 네 개를 들고 왔고, 마테오는 그 봉지를 받아 곧바로 배낭에 넣었다.

잠시 후 미셸과 마테오는 이방과 인사를 나누며 자리에서 일어났고, 따라나선 이방의 개를 뒤로하고 그의 거처를 떠났다.

"그게 무슨 버섯이야?" 산장으로 돌아오는 길에 미셸이 물었다.

"실로시브예요. 환각 버섯이죠. 학교에서 간식거리 팔듯이 가져다 파는데, 이방한테 이렇게 사가면 열 배 더 받고 팔아요. 쏠쏠하죠?"

"나쁘지 않구나." 놀라서 잠시 멍하게 있던 미셸이 대답했다.

"게다가 대마초나 코카인을 파는 것보단 훨씬 덜 위험해요. 100퍼센트 천연이기도 하고요."

"너 정말 명문 경영대학에 가겠구나. 그런데 이방은 왜 계속 같은 풍경만 그리지?"

"별로 좋은 사연은 아니에요. 이방이 어렸을 때 부모님이랑 이 근방에 살았어요. 아버지는 다리 근처에서 낚시를 자주 했고, 거기서 술도 자주 마셨대요. 어느 날 저녁식사 시간이 되도록 아버지가 안 오니까 이방의 어머니가 가서 난리를 쳤고, 그러다 일이 잘못됐죠. 서로 밀치고 때리고 하다가 둘이 같이 물에 빠진 거예요. 그때 아버지가 어머니 머리를 물속에 억지로 밀어넣었고, 결국 어머니가 익사했대요. 아버지는 이방이 덤불 뒤에서 지켜보고 있다는 건 몰랐어요. 이방이 아버지한테 달려들어서 돌로 머리를 깨버렸거든요. 그래서 그날 이후 이렇게 산에서 숨어 살고 있어요. 저 강을 한 번도 떠나지 못하고요."

이방의 이야기를 들으며 미셸은 이상하게도 언젠가 레오네가 야간 소음 문제로 이웃 사람과 크게 시비가 붙었던 때가 생각났다. 화가 치민 레오네는 울타리를 뛰어넘어 그 집으로 달려가 주인 남자의 귀를 잘라버렸고, 그 귀를 정육점 고기 포장지로 싸서 마치 원반던지기를 하듯 허공에 던져버렸다. 같은 날 미셸은 고액의 수표를 써서 국경없는의사회에 기부금을 보냈다. 물론 이웃 남자는 이전의 얼굴을 다시는 되찾을 수 없게 됐지만, 그가 귀를 잃은 덕분에 수십 명의 어린아이가 백신을 맞고 파상풍이나 결핵으로부터 안전해질 것이었다. 사실 미셸은 그 돈으로 좋은 구두나 한 켤레 사는 게 나았을 것이다.

14

알레시아는 퇴근 후 차를 달려 바스티유 요새로 향했다. 그리고 요새 아래쪽에 차를 세워두고 달걀 모양 케이블카를 타고 요새 근처까지 올라갔다. 그녀는 아이들이 집에 있는 시간에 생각할 게 있거나 개인적으로 통화할 일이 있으면 곧잘 이곳에 왔다. 알레시아는 꼭대기까지 몇 미터 더 걸어올라가 좋아하는 전망 앞에 섰다. 황금색 도시 조명, 강, 황적색 지붕들, 세 개의 몽블랑 타워, 빌뇌브까지, 그르노블 전역이 한눈에 내려다보였다. 자신이 다니던 샹폴리옹고등학교와 종합경기장, 베이지색 도시 안에 푸른색 사각형을 그리는 장브롱 수영장, 법원 광장도 눈에 들어왔다.

알레시아는 그르노블 구석구석을 다 알았고, 작은 골목들까지 머릿속에 훤히 그릴 수 있었다. 이 도시에 뒤늦게 자리잡으려는 이탈리아놈 어느 누구도 절대 자기만큼 이 땅을 사랑할 수 없다고 그녀는 확신했다. 아무리 생각해도 이 땅은 분명 자기 것이었다. 아무런 연고도 없는 지역구 선거에 갑자기 고개를 내미는 정치인처럼 갑자기 낙하산을 타고 떨어져 코시모가 차지하도록 둘 순 없었다. 코시모가 어릴 때 시칠리아로 떠나지 않았다면 그가 레오네의 자리를 이어받는 게 전혀 이상하지 않고, 그녀 역시 기꺼이 받아들일 수 있었을 것이다. 하지만 지금 코시모는 아무것도 아니었다. 란프레디라는 성을 가졌을 뿐이지 그에겐 잘 알지도 못하는 이 구역을 차지할 정당성이 전혀 없었다. 안 그래도 후계자 자리가 코시모에게 넘어가는 게 마음에 걸리던 차에 마들렌의 말까지 더해지면서, 알레시아는 지금껏 한 번도 생각해본 적 없는 새로운 계획을 품게 되었다. 코시모가 킬러라면 그를 제거할 명분이 생기는 셈이었다. 코시모가 후계자가 되는 걸 막을 대안이 알레시아의 머릿속에 계속 맴돌았다.

알레시아는 숨을 크게 한 번 내쉬면서 선불폰을 꺼내 총기 거래상 지미에게 전화를 걸었다. 그가 최근 코시모와 연락을 주고받은 적이 있다는 정보를 난쟁이에게 들은 터였다.

"여보세요? 알레시아야. 난쟁이 말이 당신이 나한테 해줄 말이 있을 거라던데."

"코시모 란프레디에 관한 정보를 찾는 거로군." 수화기 너머에서 총기거래상의 목소리가 들려왔다. "안 그래도 며칠 전에 그자한테서 연락을 받았는데."

"그가 뭘 찾았지?"

"감방에서 갓 나온 사람들이 흔히 구하는 것들. 권총, 총알…… 그런데 고성능 저격소총까지 찾더라고. 분명 누군가를 노리고 있는 게지."

알레시아는 온몸의 피가 얼어붙는 듯했다. 듣고도 믿을 수 없었다. 마들렌의 생각이 옳았다…… 알레시아는 말끔하게 매니큐어를 칠한 손으로 핸드폰을 꼭 움켜쥔 채 마치 발이 땅에 들러붙은 사람처럼 잠시 그대로 서 있었다. 바위산과 하늘 사이에서 느릿느릿 움직이는 케이블카를 멍하니 쳐다보다가 눈을 찡그렸다.

"언젠가 은혜 갚을게." 알레시아가 말했다. "참, 나하고 통화했다는 건 아무한테도 말하지 말고."

"물론."

알레시아는 전화를 끊고 벤치에 앉았다. 오히려 그녀에게는 잘된 일인지도 모른다. 그동안 비밀스럽게 꿈꿔온 계획을 실행에 옮길 기회가 열리고 있었다. 지금껏 그녀는 자기보다 능력도 없는 자가 남자라는 이유만으로 권력을 잡는 꼴을 지겹도록 보아왔다. 아무도 그녀의 지위를 올려주지 않으니 이제 직접 나서서 정리해야 할 때였다.

15

디나는 혹시 모를 기회를 생각하며 목선이 깊게 파여 가슴이 돋보이는 원피스와 가장 아끼는 속옷을 입었다. 날은 건조했고 맑은 하늘에는 보풀 같은 구름 몇 점만 떠 있었다. 그녀는 시내로 향하면서 산속 어딘가에 있을 어머니를 떠올렸다. 그리고 경찰이 언제라도 온몸에 총탄 세례를 받고 길가에 버려진 어머니의 시신을 찾았다며 연락을 해올지도 모른다고 생각했다. 정말 그런 일이 벌어진다면 알레시아는 피의 복수에 나설까? 얼마 전 알레시아가 전화해, 아버지가 고용한 킬러를 알아냈다고, 바로 코시모 란프레디라고 알려주었다. 복수가 꼬리에 꼬리를 물고 이어질지도 모르는 위태로운 상황이었다. 90년대에 어느 대부가 시립수영장에서 살해되었을 때, 지역 전체 마피아 패밀리들 사이에 살육전이 벌어졌었다. 당시 디나와 알레시아도 학교에 갈 때면 엄중한 경호를 받아야 했다. 결국 란프레디 패밀리가 경쟁자들을 모두 밀어낸 뒤에야 평화가 돌아왔다.

디나는 무장세력이 레모의 요양원에 들이닥쳐, 노인이 된 옛 란프레디 패밀리 사람들이 보행기를 밀고, 전동 휠체어의 속력을 최대로 높여가며 필사적으로 도망치는 장면을 그려보았다. 끔찍한 장면을 머릿속에서 몰아내려 애쓰며 그녀는 걸음을 재촉해 시내 중심가로 들어섰다.

레스토랑과 카페에 자유를 되찾고 해방감에 젖은 직장인들이 붐빌 시간이었다. 문득 자신도 조만간 다시 출근해야 한다는 생각에 디나는 우울해졌다. 정말로 이직을 고려해야 했다. 며칠 쉬는 동안 많이 고민해보았다. 사실 인도주의단체와 마피아는 동일한 문제를 두고 정반대의 답을 제시했다. 두 조직 모두 질서가 무너진 혼돈의 시기에, 사람들이 스스로 살아남아야 할 때, 국가가 할일을 하지 못할 때 영향력이 커진다. 마피아는 합법적인 경제활동으로 일자리를 구할 수 없는 사람들에게 사회적 지위와 돈을 제공했다. 비정부기구도 거의 비슷한 처지에 놓인 사람들의 생존을 도왔고, 그 과정에서 부패한

정부를 절대 성가시게 만들지 않고, 진정한 불의를 공격하지도 않았다. 더 나쁜 것은, 어떻게든 손실을 벌충하면서 조직을 존속시킨다는 점이었다.

정말이다. 직업을 바꾸어야 할 때가 왔다. 아예 인생 자체에 근본적인 변화를 주는 건 어떨까? 부정부패를 일삼는 가족들과 그녀가 나고 자라온, 산으로 사방이 막힌 이 도시를 떠나버리는 것이다. 이제 무엇이 그녀를 이 땅에 묶어두겠는가? 디나는 차라리 원점에서 새로운 삶을 시작하려는 어머니가 부럽기까지 했다. 쉽게 주어지는 기회가 아니지 않은가. 하지만 마음이 있어도 어떻게 다시 시작해야 할지 막막하다는 게 문제였다. 자신이 쓸모 있는 능력은 하나도 갖지 못한 것 같았다. 적어도 아버지는 사람들을 겁먹게 만드는 재주가 있었다. 그것도 아무에게나 주어지는 능력은 아니었다.

디나는 오늘 저녁 마르퀴스와의 데이트로 자신의 운명을 시험해보기로 했다. 그와 잘 풀린다면 조금 더 지내보고, 그렇지 않으면 전부 뒤엎고 주사위를 다시 던지는 거다. 아버지가 남겨준 시멘트회사에서 나오는 돈도 있으니 앞으로 어떻게 될지 시간을 두고 지켜볼 수 있을 터였다.

디나가 법원 광장에 이르자 옛 법원 건물 앞에 기대서 있는 마르퀴스가 보였다. 디나는 남자와 데이트하는 것도, 가슴이 두근거리는 것도 오랜만이었다. 문득 그에게 다가가고 있는 자신의 모습이 거리의 헤픈 여자처럼 바보같다는 생각이 들었지만, 애써 의식하지 않으려고 노력했다.

"안녕하세요? 오래 기다렸어요?" 디나가 물었다.

"나도 막 왔어요."

두 사람은 서로에게 조금 어색한 미소를 지어 보였다. 마르퀴스가 재킷 주머니에서 작은 비닐봉지를 꺼내 디나에게 건넸다.

"당신 주려고 가져왔어요."

"뭔데요?"

디나가 봉지를 열자 목걸이처럼 줄줄이 엮인 미니 건조 소시지가 나왔다. 당황한 디나는 한동안 소시지 목걸이에서 눈을 떼지 못했다. 이걸 목에 걸어야 하는 걸까?

"후추와 곰보버섯을 넣어 만든 거예요." 마르퀴스가 설명했다.

그 순간, 디나는 처음 만났던 날 마르퀴스가 했던 말이 떠올랐다. 선사시대 남자들은 여자를 유혹하기 위해 고기를 선물했다고 하지 않았는가. 디나는 웃음을 터뜨렸다. 마르퀴스는 마티외와는 전혀 다른 사람이었다. 보험 설계 일을 하는 마티외의 합리성에 집착하는 성향과는 정말 정반대였다. 디나는 그런 그가 마음에 들었다.

"고마워요." 디나가 소시지 목걸이를 핸드백 속에 넣으며 말했다.

"이탈리아 레스토랑 좋아해요? 여기서 멀지 않은 곳에 랍스터 링귀니 파스타를 아주 잘한다는 데가 있어요."

"셰프를 믿어보죠."

디나와 마르퀴스는 각자 주머니에 손을 넣고서 나란히 걸었다.

"아버지는 좀 어떠세요?" 마르퀴스가 물었다.

"음. 다행히 아버지 자신은 아무것도 모르시죠."

"우리 할머니도 두 달 동안 혼수상태였다 깨어나셨어요. 그런데 의식이 없던 그 두 달 동안 누가 병문안을 왔었는지 다 기억하시더라고요. 사람들이 머리맡에서 털어놓은 이야기까지 전부. 그 덕에 의식 회복하시고 나서 유언장을 전부 새로 쓰셨죠."

아버지가 의식을 찾고 딸들이 발가락을 절단한 일을 기억해낼지 모른다는 생각이 들자 디나는 소름이 끼쳤다.

"우리 아버지는 못 깨어나실 거예요." 디나가 단정하듯 말했다.

마르퀴스는 더 대꾸하지 않고 담배에 불을 붙였다.

두 사람은 곧 좁은 길로 접어들었고, 동그란 전등갓을 씌운 조명으로 가게 전면을 밝혀놓은 레스토랑으로 들어갔다. 안에는 종이 식탁보가 덮인 테이블이 다 해서 열 개 정도 있었고, 벽에는 밝은 색채의 추상 풍경화들이 걸려 있었다. 내부에는 조용한 재즈 선율이 흘렀다. 또 한쪽 구석에서는 소리를 죽인 텔레비전에서 뉴스가 나오고 있었다. 민머리에 뿔테 안경을 낀 이탈리아인 주인이 어둠에 잠긴 안마당 쪽 창가 자리를 권했다.

마르퀴스는 탄산수를 조금씩 마시며 자기도 이렇게 테이블이 많아야 스무 개 남짓한, 가족적인 분위기의 레스토랑을 열고 싶다고 말했다. 그 말에 디나는 더이상 가족적일 수 없는 아버지의 피자집들을 떠올렸다.

"나한테 아직 무슨 일을 하는지 말 안 해준 거 알아요?" 마르퀴스가 말을 이었다.

"인도주의단체에서 일해요." 그녀가 작은 소리로 대답했다.

"멋지네요!"

"생각하는 것과 다를걸요. 아프리카에 쌀이나 헌옷을 보내는 일이 아니에요. 내 일은 각국의 지도자들과 여론의 관심을 자극할 만한 보고서를 작성하는 거예요."

"그래서 그 일이 잘되고 있나요?"

"전혀."

디나의 대답에 난처해진 마르퀴스가 이쑤시개를 들어 애꿎은 올리브를 찔렀다.

"솔직히 말하면, 이제 다른 일을 찾으려고 해요." 디나가 말했다. "지금 이 단체에서 오 년째 일하고 있는데, 일이 잘될수록 우리가 하는 일이 결국 부패한 체계를 공고히 할 뿐이라는 회의가 들어요. 단체 대표라는 사람들은 생각 없이 일을 벌이거든요. 그럼 우린 조각을 긁어모으고 틈을 메워 그 일을 그럴싸하게 만드는 거예요. 좋은 의도로 하는 일이라지만, 그래봐야 모두가 공범일 뿐이죠. 우리가 없다면 부패한 조직은 더 빨리 무너지고, 그러면 다들 제대로 알게 될 테니까요."

"그럴 수도 있겠네요. 하지만 그렇게 된다면 많은 아이들이 더 고통받지 않을까요?" 마르퀴스가 반박했다. "난 인간 본성에 대한 믿음을 지켜가려면 당신 같은 사람들이 있어야 한다고 생각해요."

"인간 본성에 대한 믿음을 지켜간다라니!" 디나가 실소가 터져나오려는 걸 간신히 참으며 말했다.

디나는 어른이 순진한 어린아이를 바라보는 듯한 측은한 눈빛으로 마르퀴스를 바라보았다. 그러다 갑자기 텔레비전

화면에 눈길이 쏠렸다. 알레시아가 화면에 등장한 것이다. 알레시아는 알랭 부케와 함께 나란히 서서 수많은 마이크에 대고 뭐라고 말하는 중이었고, 불꽃놀이처럼 여기저기서 카메라 플래시들이 터졌다. 이어 이두박근에 체 게바라의 얼굴 문신을 새긴 의기양양한 페드로 말라로다의 사진이 나오며 화면 아래쪽에 자막이 떴다. 말라로다, FC그르노블의 홍보대사가 되다. 디나는 심장이 쿵쾅거렸고, 신경이 곤두선 채 앞에 놓인 컵을 꽉 움켜쥐었다. 직원에게 텔레비전을 꺼달라고 말할까도 싶었지만 그냥 화면이 보이지 않도록 가림막을 만들듯 냅킨을 관자놀이께에 가져다댔다. 어서 알레시아 생각을 떨쳐내고 이 저녁식사 자리에 집중하고 싶었다.

"디저트 아이스크림 유럽 대회에서 우승한 얘기 좀 해봐요."

"나에겐 아주 자랑스러운 일이에요." 마르퀴스가 미소 지었다. "우승한 건 이 년 전이고요. 이젠 세계 대회 우승이 꿈이에요."

"대회는 어떤 식으로 진행돼요?"

"하루종일 해요. 여러 나라 참가팀이 경쟁하고요. 커다란 육면체 아이스크림을 전기톱으로 조각해 형체를 만드는 작업이 내 특기예요. 그러고 나면 내 동료가 드릴이나 흙손, 조각칼 같은 좀더 정교한 도구로 다듬는 작업을 하고요. 동료는 파티셰예요. 시합을 앞두고는 매일 연습하죠."

마르퀴스는 핸드폰을 꺼내 사진 한 장을 보여주었다. 바닐라 아이스크림을 조각해 만든 오토바이 사진이었다.

"여기 안장 부분은 갈색 누가로 만들었어요." 마르퀴스가 설명했다.

"예술작품이네요." 디나가 놀라워하며 말했다.

"다 만드는 데 일곱 시간 걸렸어요."

"비행기로 파리에서 뉴욕까지 갈 시간이네!"

마르퀴스는 디나의 말에 대답 대신 고개를 끄덕였다. 이어 흡족한 표정으로 랍스터 조각을 입에 넣고는, 미각에 온전히 집중하려는 듯 지그시 눈을 감고 음미하기 시작했다. 디나는 그의 셔츠 소매 밖으로 살짝 드러난 팔뚝 문신을 보았다. 검의 뾰족한 끝부분이었고, 아마 나머지 부분이 팔 전체에 길게 새겨져 있을 터였다. 저 남자는 어떻게 전기톱으로 바닐라 아이스크림 조각품을 만들 생각을 했을까? 인간의 열정은 때때로 예상을 뛰어넘는다. 예전에 돼지 울음소리 흉내내기 대회에 나갔던 학교 친구가 있었는데 운동장 한쪽 그늘지붕 아래서 성대모사를 하며 뽐내곤 했었다. 그애도 매일같이 연습을 했었다.

텔레비전 화면에 또다시 알레시아가 나왔다. 종일 뉴스만

방송하는 채널에서 똑같은 화면을 반복해서 내보내는 중이었다. 심지어 그녀가 데이트를 하는 동안에도 가족들은 성가신 존재였다. 디나는 말라로다와 알레시아를 딸기 아이스크림으로 조각해놓으면 어떨까 상상해보았다. 언론은 쉬지 않고 둘에 대해 떠들어댈 것이다.

식사를 마친 뒤 마르퀴스가 계산을 했고, 두 사람은 인적이 뜸해진 거리로 나섰다. 기온이 많이 떨어져서 얼굴이 얼얼할 정도로 추웠다. 도시를 둘러싼 산들은 이미 어둠 속에 모습을 감추었지만 땅과 별 사이에 버티고 선 육중한 존재감이 여전히 느껴졌다.

"내가 묵는 호텔에 가서 마지막으로 한잔 더 할래요?" 마르퀴스가 제안했다.

그가 그냥 같이 자자고 직접적으로 말했더라도 상관없었다. 술기운이 살짝 오른 디나는 마르퀴스에게 몸을 기댔고, 두 사람은 가로등 불빛 사이를 지그재그로 걸어갔다.

마르퀴스는 강변로 근처 별 네 개짜리 호텔에 묵고 있었다. 방으로 올라가는 엘리베이터 안에서 두 사람은 거울에 비친 서로의 모습을 말없이 바라보았다. 방은 아주 넓었고, 벽에는 별다른 장식 없이 셔츠 한 벌만 걸려 있었다. 그들은 입을 맞추며 폭신한 매트리스가 깔린 침대로 비틀비틀 다가갔다.

디나는 눈을 감았다. 천천히 자신의 살갗 위로 미끄러지는 더운 숨결에 집중하면서, 마르퀴스가 전기톱으로 아이스크림을 조각할 때처럼 능수능란한 솜씨를 발휘할지 궁금했다.

16

알레시아는 건조하고 추운 초겨울 날씨에도 부하들을 집밖 정원으로 불러모았다. 밖에서는 도청당할 위험이 없기 때문이다. 미셸을 보호할 방안을 마련하기 위해 만든 자리였다. 난쟁이, 소니, 버디, 알론소가 각자 주머니에 손을 넣고 테라스에 서 있었다. 그들은 마치 새 자동차를 구경하듯 알레시아가 주문해둔 그네 의자를 이리저리 살펴보고 있었다.

"자, 앉읍시다." 알레시아가 말했다.

부하들은 당혹스러워하며 조금 머뭇거렸지만 아무도 감히 이의를 제기하지 못하고 차양에 술 장식이 달린 그네 의자에 한 줄로 나란히 앉았다. 알레시아가 담요를 건네주었지만 다들 이 정도 추위는 끄떡없다는 듯 사양했다. 그러나 잠시 후 모두가 오들오들 떨며 무심결에 발끝으로 바닥을 밀었고, 그 바람에 그네 의자가 가볍게 흔들리기 시작했다.

알레시아는 티에리에게 마실 것을 부탁하고 부하들 맞은편에 놓인 정원 의자에 앉았다. 이렇게 앉으니 머리 하나만큼 높은 위치에서 그들을 내려다볼 수 있었다. 곧 티에리가 김이 올라오는 커피잔을 쟁반에 받쳐들고 나왔다. 티에리는 집에 아내의 손님이 오는 날이면 늘 접대를 담당했다. 아이들 돌보는 일과 몇 가지 자질구레한 집안일과 함께 알레시아가 남편에게 요구한 일이었다. 나머지 시간은 티에리 마음대로 음악을 즐기며 한가로이 보낼 수 있었다. 하물며 알레시아가 헤로인과 대마초도 공짜로 대주니, 무엇을 더 바라겠는가? 이만하면 철도청 직원들 앞으로 나오는 무료 승차권이나 대기업 직원이 선물로 받는 상품권에도 뒤지지 않는 대우였다. 알레시아는 자신이 남편에게 의지하기보다는 남편이 자신에게 의지하기를 바랐다. 그래야 기분이 흡가분했다. 그녀는 집에서 살림을 해주는 남편이 있어서 더없이 편했다. 만일 그녀가 바깥일을 하는 남편을 둔 여자들처럼 똑같이 집안일을 해야 했다면 절대로 지금처럼 일할 수는 없었을 것이다.

오늘 아침 티에리는 로열블루색 셔츠에, 탄탄한 엉덩이가 부각되는 딱 붙는 청바지를 입었다. 알레시아는 잔을 내려놓는 남편의 풍채를 바라보며 몹시 흡족했다. 마피아 조직의 여자들이 티에리 같은 남편을 둔 자신을 부러워한다는 사실도 알고 있었다. 난쟁이와 소니, 버디, 알론소는 전혀 개의치 않고 여전히 흔들리는 그네 의자 위에 앉은 채 커피를 쏟지 않으려고 애쓰느라 정신이 팔려 있었다. 남자들은 원래 두 가지 일을 동시에 못하는 법이다.

"아버지가 어머니를 죽일 킬러로 누굴 고용했는지 알아냈어." 알레시아가 입을 뗐다.

"누구죠?" 부하 넷이 놀라 동시에 물었다.

"코시모 란프레디."

그 한마디가 찬물을 끼얹은 듯했다. 연신 움직이며 삐걱거리던 그네 소리도 한순간 잦아들었다.

"코시모가 뭣 때문에 그런 짓을 하죠?" 난쟁이가 물었다. "가만있어도 레모 자리를 승계할 거잖아요?"

"누가 보스인지 확실히 보여주고 아캄포라 패밀리의 힘을 빼려는 거지. 시칠리아에서는 그런 식이야. 신경쓰이는 경쟁자를 제거해버리지."

부하들이 안타까운 표정으로 고개를 끄덕였다.

"이제 선택은 한 가지야. 함정을 팔 생각이야." 알레시아가 말을 이었다. "적합한 장소를 골라서 코시모를 불러낼 거야. 모두 그곳에 숨어 있다가 코시모와 그 부하들을 없애버려. 코시모가 사라지면 대마초, 암페타민, 코카인, 건설 공사, 부동산, 생마르슬랭 치즈 시장까지 전부 우리한테 넘어올 거야. 이제 우리 세상이 되는 거지."

부하들은 알레시아의 결정에 찬성과 반대를 저울질하느라 곤혹스러운 표정을 감추지 못하고 신경이 곤두선 채 담배에 불을 붙였다. 지금 알레시아가 시키는 일은 극도로 위험한 일이었다. 다시 말해 이 지역에서 가장 강한 패밀리와의 전쟁을 뜻했다.

"어디서 처리할 생각이세요?" 소니가 물었다.

"산에서. 그래야 조용하지."

부하들이 진지한 표정으로 동의했다.

티에리는 아내의 빈잔을 보고 곁에 다가가 잔을 채워주었다.

"고마워, 자기." 알레시아가 무심하게 남편의 엉덩이를 어루만지며 말했다.

일이 계획대로만 진행된다면 일주일 안에 전부 정리될 터였다.

부하들이 돌아가고 나서 알레시아는 그들이 앉았던 그네

의자에 앉아보았다. 이 의자를 사길 잘했다는 생각이 들었다. 회의할 때 더없이 좋은 배치였다. 알레시아는 입가에 미소를 머금고 〈레키프〉를 펼쳤다. 그녀가 축구에 대한 소양을 넓힐 수 있도록 티에리가 신문판매점에서 사온 것이었다. 알레시아는 프로축구에 1부 리그와 2부 리그가 있다는 사실을 처음 알았고, 확인해보니 그르노블은 2부 리그에서도 발랑시엔과 니오르 사이에 5위를 차지하고 있었다. 그녀는 경쟁 팀 선수 몇 명의 이름도 따로 적어두었다. 그들의 경기력을 떨어뜨릴 방법도 찾아내야 했다. 선수 이적 현황도 살폈다. 이적 시장에 난무하는 온갖 계략은 미처 예상하지 못한 것이었다. 협상이 끝없이 이어지고, 이면 합의들도 등장하고, 0이 길게 붙은 수표들이 오갔다. 알레시아는 이런 게임에서 나름의 협상력을 발휘할 자신이 있었다. 구단측에서 약간의 부수입을 제공해 준다면 관심을 갖는 선수들이 나오지 않겠는가.

그녀는 신문을 덮고 손목시계를 확인했다. 약국으로 가기 전에 디나에게 전화해볼 시간이 있었다. 언니가 킬러 때문에 너무 충격받은 건 아닌지 확인해야 안심이 될 것 같았다. 사실 알레시아는 언니가 언젠가 이성을 잃고 경찰에 다 털어놓을까봐 늘 걱정스러웠다. 자매는 단짝처럼 가까운 사이였지만, 언제든 예기치 못한 일이 벌어질 수 있었다. 그리고 어머니의 위조 여권이 준비되면 그걸 언니더러 전달해달라고 부탁할 생각이었다.

"어떻게 지내?" 전화를 받은 디나에게 알레시아가 물었다.

"잘 지내지." 디나가 예상과 달리 밝은 목소리로 대답했다.

"오호라?"

"엄청 섹시한 남자를 만났고, 그 사람이랑 잤어. 지난주에 슈퍼마켓에서 장 보다가 만났는데, 나 완전히 그 사람한테 빠진 것 같아."

남자가 때맞추어 잘 나타난 셈이다. 알레시아는 흡족했다. 옛 사랑을 잊는 데 새 남자보다 좋은 건 없다.

"말해봐. 어떤 남잔데?"

"파란 눈에 체격 좋고, 재미있고, 침대에선 끝내주고."

"그런 장점들을 다 갖췄다니, 보기 드문 남자네."

"그리고 디저트 아이스크림 유럽 대회 우승자야." 디나가 자랑스럽게 말했다.

"지금 나 놀리는 거지?"

"전혀. 진짜야. 매일 연습한대. 세계 대회도 나갈 거고."

"오! 이번엔 제대로 만났네! 스파클러랑 종이 우산도 꽂은 엄청 큰 바나나 스플릿도 만들어주겠군."

"그런데 그 남자 특기는 전기톱으로 아이스크림 조각품을 만드는 거래."

"전기톱으로? 대단한데!"

"마음에 들어할 줄 알았어. 그런데 할 얘기가 뭐야?"

"엄마 위조 여권을 만들어줄 사람을 찾았어. 길어야 일주일이면 준비될 거야."

"누군데?"

"약국 손님 중 하난데, 얘기가 잘됐어. 우리한테는 돈 안 받고 해줄 거야."

"잘됐네. 제일 좋은 방법이잖아. 엄마 소식은 계속 듣고 있어?"

"마테오 말로는 아무 문제도 없대. 여권이 준비되면 엄마한테 전해주고 우리가 공항까지 모셔야 할 거야. 여길 빨리 떠야 해. 그 일을 좀 맡아줄 수 있어? 난 지금 일이 너무 많아서."

"그럴게. 난 어차피 사표 낼 거야. 이제 시간 많아."

"그래? 앞으로 뭘 할 생각인데?"

"아직은 아무 생각 없어. 어쨌든 아버지가 남겨준 시멘트회사 주식이 있으니까 천천히 생각해보려고……"

"청렴결백을 주장하시던 분도 어쩔 수 없이 더러운 돈 덕을 보시는군요." 알레시아가 놀림조로 말했다. "어쨌든 고마워. 여권이 준비되는 대로 전화할게."

알레시아는 전화를 끊고 나서 언니의 일자리쯤은 자기가 쉽게 구해줄 수도 있다고 생각했다. 디나의 능력이 뛰어나기도 하고, 요즘 마피아 조직에선 변호사, 영업 전문가, 홍보 전문가 할 것 없이 그야말로 다양한 분야의 인력이 필요했다. 마피아 조직만큼이나 폭넓게, 심지어 국제적인 차원의 발전 기회까지 제공하는 회사는 많지 않았다. 하지만 디나는 도움을 거절할 게 뻔했다. 인도주의단체마저 마음에 들지 않는다면 어떤 분야에서 능력을 발휘할 수 있을까? 정치 쪽은 어림없고, 군대도 안 되고, 인력 관리도 못해낼 테고, 이익을 추구하는 기관은 거의 다 피해야 할 것이다. 그러고 나면 남는 일자리가 별로 없다. 어쩌면 등대지기 정도?

17

디나가 마르퀴스와 데이트를 시작한 지 대략 일주일이 되었다. 지금까지 마르퀴스는 완벽한 남자였다. 재미있고, 다정하고, 사려 깊고, 멍청하지도 않고, 금상첨화로 음악적 취향까지 잘 맞았다. 두 사람은 일주일 동안 거의 함께 지냈다.

전날 마르퀴스는 디나의 집에서 밤을 보냈고, 두 사람은 일요일인 다음날 아침 늦게까지 침대에서 뒹굴었다. 생브뤼노 광장에 장이 서며 유쾌하고 시끌벅적한 소리가 디나의 아파트까지 올라왔다. 귀를 기울여보니, 물건을 싸게 판다고 상인들이 외치고 있었다. 당근 1킬로그램이 1.2유로밖에 안 하고, 꽃상추와 대파가 잔뜩 있다고 했다. 자, 놓치지 마세요!

마르퀴스가 모기에 물린 사람처럼 벌떡 일어나 앉았다.

"오늘 아침엔 내가 깜짝 요리로 맛있는 거 해줄게."

마르퀴스는 서둘러 팬티를 입고 곧바로 부엌으로 향했다.

디나는 깃털이불을 코까지 올린 채 부엌의 수납장이 여닫히는 소리를 가만히 듣고 있었다. 이렇게 자상한 남자를 만나게 되다니 꿈만 같았다. 일주일 내내 미친듯이 일만 하고 집에서는 빈둥거리기만 하던 마티외와는 달라도 너무 달랐다. 디나는 흐뭇한 마음으로 기지개를 켰다. 이런 행복감은 정말 오랜만이었다. 마르퀴스와의 관계도 앞으로 진전이 있을 것 같고, 익명 편지를 보내 장이브와 브뤼노를 고발하고 나서 마음의 짐도 많이 덜었다. 아버지를 보러 가야 하는 날만 아니었다면 모든 게 완벽했으리라. 디나는 아버지와 단둘이 병실에 있어야 하는 상황이 걱정스러웠다. 혹시라도 간호사들이 아버지의 잘린 발가락에 대해 아는 게 있는지 물어볼까봐 두렵기도 했다.

"다 됐어!" 얼마 지나지 않아 복도 끝 부엌에서 마르퀴스가 그녀를 불렀다.

냄새로 보아 토스트와 크레이프, 그리고 커피였다. 디나는 슈퍼마켓에서 마르퀴스를 처음 만난 날 입었던 낡은 트레이닝복을 걸치고 부엌으로 향했다. 식탁 위에는 팬케이크와 과

일샐러드, 직접 착즙해 유리병에 담아둔 오렌지주스가 차려져 있었고, 그 옆에 놓인 커피메이커에서는 모락모락 김이 피어올랐다. 심지어 그녀가 좋아하는 다니엘 다르크의 노래까지 흘러나오고 있었다.

디나가 식탁 앞에 앉자 마르퀴스는 격식 있는 동작으로 앞에 버터 그릇을 내려놓았다. 그리고 사랑하는 여자에게 청혼하는 남자가 반지 케이스를 열어 보이듯 버터 용기 뚜껑을 열었다.

"세상에, 마르퀴스!" 디나가 하트 모양 버터 조각을 보며 탄성을 질렀다.

디나는 두 볼이 발갛게 달아올랐다. 이렇게 다정한 남자가 어떻게 아직 독신으로 남아 있었을까? 진정한 미스터리였다. 감동한 디나는 그에게 키스했고, 그리고 나이프 끝으로 하트 모양 버터 한 끝을 잘라 빵에 부드럽게 펴 바르다 문득 생각이 났다.

"오늘 아버지를 뵈러 가는데, 같이 갈까?"

갑작스레 영화가 보고 싶어져 함께 극장에 가자는 듯한 몹시 태연한 말투였다.

"아버지 병원에 같이 가자고?" 놀란 마르퀴스가 되물었다.

"오래 있진 않을 거야. 그러면 아버지도 돌아가시기 전에 자기를 한번 보실 수 있고. 사실 혼자 갈 용기가 안 나. 병원에 들렀다가 이제르 강변에서 산책하자. 날씨가 너무 좋아."

마르퀴스는 커피잔을 손에 든 채 당혹스러운 눈빛으로 그녀를 바라보았다.

"어머니는 같이 못 가셔?"

"지금 그르노블에 안 계셔. 아버지와 갈라서기도 했고."

마르퀴스는 팬케이크에 메이플시럽을 부으며 깊은 생각에 잠긴 듯했다.

"그래, 좋아." 그가 마침내 제안을 받아들였다.

디나는 환한 얼굴로 마르퀴스의 볼에 입을 맞췄다. 디나는 어릴 적 남자친구들을 집에 데려올 때면 아버지가 일부러 겁을 줄까봐 마음 졸이던 기억이 떠올랐다. 한번은 친구와 함께 부엌에 있는데 아버지가 들어오더니 빈 믹서를 돌려대며 그 애의 바지 지퍼를 뚫어져라 노려본 적도 있었다. 이튿날 그애는 디나에게 결별을 선언했다. 지금은 아버지가 혼수상태이니 남자친구를 소개시켜도 별 탈이 없으리라.

마르퀴스는 사륜구동차 운전석에 앉아 계속 앞을 쳐다보며 운전에만 집중했다. 걱정거리가 있는지 출발한 뒤로 한마디도 하지 않았다.

“빈손으로 가기 좀 그래.” 그가 갑자기 입을 열었다. “잠시 어디 들러서 선물을 사야겠어.”

“어차피 아버지는 아무것도 모르셔.” 디나가 대답했다. “돼지 목에 진주 목걸이라고.”

“그래도 그건 아니지. 혹시라도 깨어나시면 날 못마땅해하실걸. 난 자기 아버지와 문제 생기는 거 싫어.”

디나는 놀란 눈으로 마르퀴스를 쳐다보았다. 아버지와 문제가 생긴다고? 내 아버지가 누군지 알고 저런 말을 하는 걸까?

“정 그러면 초콜릿을 가져왔다고 하면 돼. 어차피 아버지는 정말인지 아닌지도 모르실 텐데.”

마르퀴스는 뾰로통한 표정으로 원형교차로를 지나 강 쪽으로 차를 몰았다. 하늘의 구름이 소용돌이치는 강물에 비쳤고, 강둑의 안전 사슬에 내려앉은 새 몇 마리가 그들에게 무심한 눈길을 던졌다. 떠돌이 집시가 구리관이 가득 담긴 손수레를 끌며 인도를 걸어갔다. 디나는 저 집시 남자가 인간답게 화장실을 사용할 수 있도록 애쓰고 있을 레슬리를 떠올렸다.

줄지어 늘어선 피자집들에 모두 셔터가 내려진 풍경이 마치 재갈을 물린 입을 연상시켰다.

병원에 도착한 디나는 마르퀴스를 데리고 아버지의 병실로 향했다. 병실 문손잡이를 조심스레 밀고, 두 사람은 깊은 잠의 세계에 발을 들여놓았다.

침대 옆 협탁에 꽃다발이 여럿 보였다. 패랭이꽃, 장미, 튤립 등이었다. 시트는 얼룩 하나 없이 깨끗했다. 전지가위로 아버지의 발가락을 자르던 날, 알레시아는 협조적인 간호사 한 사람에게 500유로를 쥐여주면서 아무도 모르게 시트를 갈아달라고 부탁해두었다. 의아하게 생각하는 의사들도 이미 회유해놓았을 터였다. 마르퀴스는 레오네에게 다가가지 못하고 어정쩡하게 물러서 있었다.

"아빠, 저 왔어요. 오늘 아침은 기분이 어떠세요?" 디나가 물었다.

디나는 잘린 발가락 쪽에는 눈길을 주지 않으려 애쓰며 아버지의 손을 잡았다.

"오늘은 누굴 데려왔어요. 마르퀴스를 소개할게요. 지난주에 처음 만났어요. 마르퀴스가 아버지 드린다고 몽셰리 초콜릿을 가져왔어요. 그렇지, 마르퀴스?"

"으응……" 마르퀴스가 웅얼거렸다. "안녕하십니까? 뵙게 돼서 기쁩니다."

"못 믿으시겠지만, 마르퀴스는 디저트 아이스크림 유럽 대회에 나가서 우승한 사람이에요. 전기톱으로 아이스크림 조각품을 만든대요. 아빠가 직접 보면 놀라서 눈이 휘둥그레지실 거예요."

이어 디나가 바닐라 아이스크림으로 조각한 오토바이 얘기를 꺼내려는 순간, 갑자기 기계장치에서 자동차 도난 방지 경보음 같은 날카로운 소리가 울려대더니 동시에 온갖 경고등이 깜빡이기 시작했다.

"무슨 일이지? 빨리 가서 간호사 좀 불러줘!" 불안에 휩싸인 디나가 소리쳤다.

마르퀴스는 황급히 복도로 달려나갔고, 그사이 디나는 계속 아버지 옆에서 어쩔 줄 몰라하며 모니터 위의 초록색 곡선만 바라보았다. 왠지 지금 이 순간 자기 자신이 위험에 처한 것 같은 느낌이 엄습했다.

곧이어 의사와 간호사가 달려왔다.

"심장발작이 왔네요. 나가 계시죠." 의사가 말했다.

디나는 복도로 나가 마르퀴스의 품에 안겼다. 아버지의 병실에서 알 수 없는 신호음과 말소리들이 흘러나왔다. 디나는 쿵쾅거리는 가슴으로 숨죽이며 기다렸다. 둔탁한 소리, 사람들의 외마디소리가 들리다가 곧 완전한 정적이 이어졌다. 이윽고 복도로 나온 의사가 침통한 눈길로 디나와 마르퀴스를 바라보았다.

"가족이신가요?" 의사가 물었다.

"딸이에요." 디나가 말했다.

"죄송합니다. 더 손쓸 수가 없었습니다. 심장이 완전히 멈췄습니다."

디나는 아무 말도 못하고 고개를 끄덕였다. 창문으로 스며든 태양의 흰빛 때문에 실내 벽이 거의 투명해 보였다.

"고통 없이 운명하셨습니다." 의사가 덧붙였다.

마르퀴스가 한 팔로 디나의 양어깨를 감쌌다.

"나가서 바람 좀 쐬어야겠어." 디나가 나지막이 말했다.

병원 정원으로 나간 그들은 연꽃이 핀 연못 맞은편 벤치에 앉았다. 멀리 있는 산들이 마치 자유를 약속해주기라도 하는 양, 환자 몇 명이 가만히 그 풍경을 바라보고 있었다. 디나는 깊은 슬픔과 동시에 드러낼 수 없는 안도감에 젖었다. 마침내 아버지에게서 벗어난 것이다.

"엄마에게 알려야겠어." 디나가 중얼거리며 핸드폰을 꺼냈다.

산속에는 전화가 닿지 않았다. 음성사서함에 메시지를 남겨두면 미셸이 생프리외에 갈 때 들을 수 있었다. 삐 소리가 울린 뒤 디나가 말했다. "엄마, 아빠가 심장발작을 일으켰어요. 결국 그렇게 가셨네요. 내일이나 모레 내가 엄마한테 갈게요." 목이 메어 소리가 잘 나오지 않았다. 그녀는 전화를 끊고 마르퀴스를 바라봤다. 그는 옆에서 신발코로 자갈을 굴리고 있었다. 평생을 함께 산, 하지만 자신에게 사형선고를 내린 남편이 더는 이 세상 사람이 아니라는 소식을 들은 어머니는 어떤 기분일까?

"아무리 아버지랑 엄마가 갈라섰더라도 엄마한텐 충격이 클 거야. 내가 엄마한테 가봐야겠어."

"같이 가줄까?"

디나는 갑작스러운 제안에 놀라 한동안 그를 그저 빤히 바라보았다. 엄마를 보러 그와 같이 간다는 생각은 단 한 번도 해보지 못했다. 디나는 골똘히 생각하기 시작했다. 물론 같이 가면 좋겠지만, 혹시라도 마르퀴스가 자기 가족의 실체를 알게 되는 게 싫었고, 무엇보다 아캄포라 가문의 일에 그를 끌어들이고 싶지 않았다. 애인의 가족사 때문에 자신이 저격 위험에 노출된다는 생각만큼 애정이 식어버리게 만드는 일이 있을까…… 게다가 어쩌면 엄마가 다 망쳐버릴 수도 있었다. 가족 식사 자리에 마티외가 올 때면 미셸은 말끝마다 꼬투리를 잡아가며 싫은 소리를 해댔다. 마티외가 취급하는 생명보험을 비웃었고, 겁을 주려고 일부러 권총 탄알을 서랍장 위에 꺼내놓기도 했다. 엄마와 마티외는 사이가 좋았던 적이 단 한 번도 없었다. 하지만 마르퀴스는 다를 것이다. 마티외처럼 거드름을 피우지도 않고 이것저것 질문을 늘어놓는 사람도 아니니까 가족들이 분명 좋아할 것이다. 무엇보다 디나는 마르퀴스의 사륜구동차를 타고 가면 킬러의 미행을 따돌리기 더 좋으리라 생각했다.

"그러자." 마침내 마음을 굳힌 디나가 말했다. "그런데 내 차는 수리중이라서, 자기 차를 타고 가도 되지?"

"당연하지."

마르퀴스의 어깨에 머리를 기대며 디나는 이 사람과 함께라면 어디든 떠날 수 있을 것 같았다. 엄마가 안전하게 출국하고 나면 같이 사랑의 여행을 떠나자고 해야겠다고 생각했다. 며칠만이라도 모든 것으로부터, 특히 아캄포라 사람들로부터 떠나고 싶었다.

18

북풍에 실린 악천후가 몇 시간 만에 알프스에 들이닥쳤다. 정원 둘레의 전나무들 사이로 안개가 내려앉고, 산능선 위로 시커먼 구름떼가 몰려들었다. 미셸은 창밖을 내다보았다. 그림자들이 점점 길어지고, 숲 가장자리에서 칼새 한 쌍이 맴돌고, 하늘의 색이 서서히 변해갔다. 이따금 미셸은 이제 완전히 세상을 떠난 남편 생각을 했다. 산속에 파묻혀 혼자 지낸 지 벌써 열흘째였다. 집으로 돌아간 마테오가 필요한 게 없는지 확인하러 가끔 들르는 게 전부였다.

미셸은 창유리에 볼을 붙이고 서서 고개까지 구불구불 이어지는 도로를 살폈다. 지나가는 차가 한 대도 없었다. 이곳은 전파가 닿지 않아 핸드폰도 먹통이고, 심지어 텔레비전도 없었다. 그나마 작동하는 라디오도 나왔다 말았다 했다. 미셸에게 이렇게 무료한 생활은 난생처음이었다.

그녀는 시간을 보내려 무던히 애썼다. 오전에는 정원의 나지막한 담장에 통조림 깡통들을 얹어놓고 사격 연습을 했다. 덕분에 실력도 제법 좋아져서 이제 30미터 거리의 사람을 맞힐 수도 있을 것 같았다. 자신감이 생긴 미셸은 설사 킬러가 여기까지 찾아온다 해도 헤쳐나갈 수 있을 것 같다는 환상을 품기도 했다. 하지만 그녀는 킬러를 눈앞에서 마주할 일이 없고, 죽음은 마치 벌레에 물리듯이 미처 자각할 틈도 없이 순식간에 닥치리란 걸 잘 알고 있었다. 그건 전문 킬러의 손에 죽는 경우의 장점이었다.

오후가 되면 벽난로 근처 안락의자에 앉아 뜨개질을 했다. 예전에 마들렌은 자기 집에서 뜨개질 모임을 열어 조직의 여자들을 모두 초대했다. 여자들은 부지런히 뜨개바늘을 놀리면서 이런저런 소식을 주고받았고, 어떤 분쟁이 있는지, 현재의 갈등 상황은 어떤지, 앞으로 어떻게 조정할 수 있는지, 때로는 누가 다치고 누가 죽었는지 이야기했다. 몇 시간 후에는 각자 집으로 돌아가 속살거리며 남편을 구슬렸다. 보스들은 여자들의 그런 모임을 두려워했다.

그래도 너무 무료하면 마테오가 주고 간 버섯 하나를 씹었다. 환각 효과는 놀라웠고, 그 덕에 그나마 시간이 흘러갔다. 오늘 아침에도 식사 때 하나를 씹었는데 환각이 계속됐다. 이제는 효과가 거의 사라졌으리라 생각하던 무렵 갑자기 현실이 왜곡되면서 아주 아름다운 나비가 날아다니고, 나무가 가지를 마구 흔들며 쑥쑥 자라나고, 색채가 강렬해졌다.

미셸은 착잡한 심정으로 차 한 대 지나가지 않는 길을 멍하니 바라보면서 이곳에 얼마나 더 갇혀 지내야 할까 생각했다. 사람들을 만나고, 영화관에 가고, 미용실에도 가고 싶었다. 그때였다. 사륜구동차 한 대가 나타나더니 현관 바로 앞까지 와서 멈췄다. 그녀는 재빨리 권총을 꺼내들고 창가에 무릎을 꿇은 채 자세를 낮췄다. 그리고 안전장치를 제거하고 숨죽여 밖을 살피는데, 딸 디나가 가죽점퍼를 입은 키 큰 남자와 함께 차에서 내렸다. 미셸은 가슴을 쓸어내리며 총을 다시 집어넣고 달려가 문을 열었다.

"나 왔어요, 엄마." 디나가 말했다. "머리를 그렇게 자르니까 못 알아볼 뻔했네. 그래도 얼굴이 아주 좋아 보여요. 소개할게요. 마르퀴스예요."

"안녕하세요, 부인." 마르퀴스가 말했다. "뵙게 돼서 기쁩니다."

미셸은 마르퀴스와 악수를 하면서 이 멀끔하게 잘생긴 청년은 누구일까 궁금했다. 디나가 한 번도 얘기한 적 없는 사람이었다. 딸이 낯선 사람을 데려왔다는 사실이 마음에 걸렸다. 남자를 유심히 쳐다보던 미셸은 그가 드라마 〈24〉의 주인공 잭 바우어*와 너무 닮아서 놀랐다. 버섯의 효과 때문에 머릿속 생각들이 이상하게 얽히는 것 같았다. 미셸은 아무렇지 않은 척하며 딸과 다시 만난 기쁨을 만끽하기 위해 백포도주를 꺼내왔다. 그런데 이 낯선 이 앞에서 어떤 말을 하고, 또 하지 말아야 할지 알 수 없어 당황스러웠다.

"찾아와주는 사람이 있으니 좋구나." 미셸은 괜한 말을 하지 않으려 애쓰며 입을 열었다. "여기 있으려니 지루해서 죽을 것 같아."

"산책 좀 하지그래요? 이 지역 자연이 정말 좋은데." 디나가 말했다.

"나무들을 보고 있으면 우울해져. 더구나 요즘은 사냥철이잖니. 오발탄이라도 맞을까봐 늘 두렵던데."

"천식은 좀 어때요?" 디나가 무언의 메시지를 전하려는 듯

---

* 영국 배우 키퍼 서덜랜드가 연기한 인물. 극중 대테러 기관 요원으로 미국 대통령을 구한다.

어머니의 눈을 빤히 바라보며 물었다.

그제야 미셸은 딸이 남자친구에게 킬러 얘기를 하지 않았다는 걸 알아차렸다. 남자는 주변을 살피는 듯하면서도 긴장한 내색 없이 포도주를 조금씩 마시고 있었다. 그리고 턱이 온전한지 살피기라도 하듯 이따금 손가락으로 턱을 문질렀다. 미국 대통령을 구하는 생각이라도 남모르게 하고 있는 걸까?

"좋아졌어." 미셸이 대답했다. "네 아버지 장례식에 참석할 수 있으면 좋겠구나. 장례식은 언제니?"

"금요일이요. 준비는 다 됐어요. 알레시아가 신부님께 알렸고, 성가대 아이들도 올 거예요. 아버지가 원하던 대로 할아버지 할머니 옆에 안장할 거고요."

마르퀴스가 땅콩을 집어먹는 동안 디나는 어머니에게 아버지의 장례식과 그후에 이어질 추모 행사에 대해 상세히 얘기했다. 생로랑 강변로의 피자집에서 만찬이 준비되어 있었다. 테이블을 커다랗게 U자형으로 배치하고 오케스트라도 부를 예정이었다. 잔을 비운 뒤, 디나는 어머니에게 은밀히 신호를 보내 부엌으로 불렀다.

"저 사람 누구야?" 부엌으로 들어서자마자 미셸이 문을 닫고 물었다.

"애인."

"언제부터? 한 번도 얘기한 적 없잖아."

"나도 사생활이 있어요. 이번엔 마티외한테 하듯이 그러면 안 돼요!"

"어떤 사람인지 잘 모르잖아. 네가 낯선 사람을 이 일에 끌어들이는 것 같아서 께름칙하구나."

"괜찮아요. 저 사람 차로 온 덕분에 아무도 못 따라왔잖아요. 그리고 내 일은 내가 알아서 할게요. 받으세요, 여기 엄마 여권 가져왔어요."

미셸이 얼굴을 찌푸리며 여권을 펼쳤다.

"리디 로비네……" 미셸이 여권에 쓰인 새 이름을 나지막이 발음해보았다. "꼭 치즈가게 주인 이름 같구나."

"어차피 대스타가 되실 것도 아니잖아요. 이 여권으로 비행기를 타고 어느 나라든 가실 수 있어요. 이제 아빠도 돌아가셨으니 지체 없이 움직여야 해요. 알레시아 말로는 레모의 아들이 킬러래요."

"레모의 아들 코시모가?" 미셸이 놀란 표정으로 되물었다. 그녀의 기억 속에 코시모는 멜빵바지를 입은 코흘리개 꼬마일 뿐이었다.

"네. 그러니까 빨리 떠나는 게 좋아요."

미셸은 요양원에서 레모와 함께 춤추던 때를 떠올렸다. 레모는 분명 자기 아들이 킬러라는 사실을 이미 알고 있었을 것이다. 마피아란 조금 전까지 다정하게 품에 안았던 사람의 머리에도 얼마든지 총알을 박아넣을 수 있는 자들이다. 임무를 수행하는 동안 감정은 철저히 차단했다. 레모의 아들이 자신을 쫓고 있다는 생각을 하자 미셸은 등골이 오싹해졌고, 갑자기 현기증이 밀려왔다. 귀에서 윙윙거리는 소리가 들리고, 앞쪽 부엌 조리대에 놓인 토스터가 마치 젖은 몸을 터는 짐승처럼 흔들려 보이기 시작했다.

"괜찮아요. 엄마?" 디나가 걱정스러운 표정으로 물었다.

"응." 딸에게 대답하며 미셸은 남은 버섯은 결단코 내다버리기로 다짐했다. "내일 출발하자."

"일찍 움직이도록 해요. 우리가 여기서 자고 공항까지 태워다드릴게요."

미셸은 여전히 젖은 몸을 흔들어 터는 강아지처럼 흔들리는 토스터에서 눈을 돌리면서, 마음을 가라앉히기 위해 미니시가에 불을 붙였다.

"네 애인은 뭐하는 사람인데?"

"레스토랑을 해요. 전기톱으로 아이스크림 조각도 하고."

"그렇게 이상한 사람을 어디서 만났어?"

"슈퍼마켓에서요. 지난번에 우리집에서 저녁 먹던 날 기억나요? 그날 메뉴로 닭고기를 추천해준 사람이 바로 마르퀴스예요."

그 순간 살짝 열린 문틈으로 잭 바우어가 나타났다. 그는 미셸과 디나를 향해 들고 있던 초리조 소시지를 내밀었다. 미셸의 눈에는 그게 자신에게 겨눈 베레타 권총 총신으로 보여 거의 까무라칠 뻔했다.

19

알레시아는 만반의 준비를 마쳤다. 잠복 공격 장소는 세트로 스키장의 리프트 꼭대기로 정했다. 그곳이라면 코시모가 안심하고 나타날 터였다. 알레시아가 최상급자용 슬로프 정상에서 코시모와 만나고, 부하들은 높은 암벽 뒤에 숨어 있기로 했다. 총격전이 끝나면 시신들은 크레바스에 간단히 던져버릴 계획이었다.

이제 밀라노의 연락책을 찾아가 도피중인 코시모에게 약속 장소와 시간을 알리는 일만 남아 있었다. 사업차 할 얘기가 있다고 하면, 그의 아버지인 레모 소유의 리프트 시설에서 가까운 곳이니 만남을 거절하지 않을 터였다.

알레시아는 카롤린에게 약국 마감을 부탁해놓고서 자신의 벤츠 스마트를 몰아 고속도로로 들어섰다. 가는 길에 주유소에 두 차례 들러 기름을 가득 채웠고, 보그 담배도 샀다. 날이 어둑해질 무렵에야 목적지에 도착했다.

아버지를 따라 여러 번 와본 터라 알레시아는 밀라노를 잘 알았다. 아버지는 일을 보러 가면서 그녀에게 곧잘 신용카드를 건네주었고, 그녀는 그동안 아버지 카드로 값비싼 옷들을 사곤 했다.

알레시아는 주차장 한곳에 차를 세운 뒤 대성당 방향으로 걸어갔다. 구름 한 점 없는 파란 하늘이 도시 위로 펼쳐져 있었다. 곧 광장에 모여든 관광객 무리 한가운데에 우뚝 선 대성당이 눈에 들어왔다. 군중 사이를 뚫고 지나가는데, 비뚤배뚤하고 허연 치아를 드러낸 흑인이 갑자기 그녀의 손을 잡더니 억지로 행운 팔찌를 채워버렸다. 알레시아는 그에게 5유로짜리 지폐를 건네주었다. 정말로 행운을 빌고 싶었기 때문이었다. 그후 알레시아는 곧바로 비토리오에마누엘레 쇼핑센터로 향했다.

대리석 타일이 깔린 통로를 따라 돌체앤가바나, 루이뷔통, 겐조 같은 명품 상점들이 늘어서 있었다. 아버지가 왜 굳이 이런 관광지에서 비밀 회동을 가졌던 것인지 잠시 의아했지만,

생각해보니 정작 자신도 약국에서 거래를 하고 있었다.

얼마 후 알레시아는 마들렌이 알려준 주소지 앞에 도착했다. 거울 대신 얼굴을 비춰 볼 수 있을 만큼 반들거리는 카운터가 있는, 로코코양식으로 꾸민 찻집이었다. 알레시아는 문득 어릴 때 아버지와 함께 이곳에 왔던 기억이 떠올랐다. 아버지가 친구들과 오렌지 초콜릿 판제로티*를 먹으며 이야기를 나누는 동안 어린 그녀는 아버지 무릎에 앉아 있었다. 어른들이 귀엽다며 볼을 꼬집었고, 온갖 단과자들을 사주었다. 아버지는 코시모와 함께 정말로 이곳에서 슈크림을 먹으면서 어머니를 죽일 계획을 짰을까?

알레시아는 가게 안으로 들어가서 잠시 메뉴판을 살폈다. 안에는 커다란 그릇에 담긴 아이스크림을 먹는 가족 단위의 손님들과, 에스프레소를 마시면서 6점도미노 게임을 하는 노인 넷이 앉아 있었다. 그 노인들 가운데 인상이 험악한 한 사람은 이쑤시개를 씹으며 사나운 눈빛으로 게임판을 노려보았다. 은퇴한 마피아 조직원들의 전형적인 모습이었다. 주문을 하겠느냐고 직원이 물어오자 알레시아는 이탈리아어로 간단히 자기소개를 하고는 가게 주인과 이야기하고 싶다고 전했

---

* 밀가루 반죽 속에 다양한 재료를 넣어 튀긴, 반달 모양의 이탈리아 간식.

다. 직원은 가게 안쪽으로 사라졌다가 잠시 후 돌아와 그녀에게 따라오라고 손짓했다.

가게 맨 안쪽의 작은 방으로 들어가자 카운터만큼이나 머리가 반들거리는 남자가 책상 앞에 앉아 있었다. 벽에는 유명 인사들의 사진이 붙어 있었다. 남자는 알레시아를 보고 벌떡 일어서더니 마치 오랜 친구를 맞이하듯 두 팔을 벌렸다.

"아버님한테 말씀 많이 들었습니다. 만나서 영광입니다."

알레시아는 냉정하게 악수를 청했다. 그녀는 이런 위선자를 끔찍이 싫어했다.

"코시모에게 전할 말이 있어요." 알레시아가 단도직입적으로 말했다. "지역 아프리카인들하고 심각한 문제가 생겼다고, 같이 전략을 짜야 한다고 전해주세요. 금요일에 아버지 장례식이 끝난 뒤 곧바로 세트로 스키장으로 오라고요. 오후 일곱 시, 리프트 꼭대기로요."

"전해드리죠."

알레시아는 고맙다고 말한 뒤 곧바로 방을 나섰다. 이제 주사위는 던져졌고, 코시모가 의심 없이 미끼를 물기만 기다려야 했다.

할일을 모두 마치자 알레시아는 문득 배가 고파졌다. 맛있게 먹고 있는 손님들을 보니 그르노블로 돌아가기 전에 단것을 좀 먹어야겠다는 생각이 들었다. 주문을 하러 카운터 쪽으로 다가가는데, 벽에 압핀으로 붙여놓은 사진들이 눈길을 끌었다. 그녀는 좀더 자세히 보기 위해 다가갔다. 그중 하나는 파티셰 복장의 남자들이 허연 오토바이 앞에 서 있는 사진이었고, 또다른 사진에는 좀전의 사진에 있는 남자들 중 하나가 팔을 쭉 뻗어 트로피를 들어올린 모습이 담겨 있었다. 그리고 그 안에는 이런 문구가 적혀 있었다. 2016년 디저트 아이스크림 유럽 대회 우승자.

알레시아는 그대로 굳어버렸다. 디나의 새 남자친구가 저 대회 우승자라고 하지 않았나? 쉽게 잊어버릴 수 있는 특징이 아니었다. 알레시아는 의기양양하게 환한 표정을 짓고 있는 금발의 남자를 꽤 오랫동안 바라보았고, 그러다 한순간 끔찍한 의혹에 사로잡혔다. 처음부터 속은 거라면? 머릿속이 온갖 생각으로 뒤죽박죽이 되었다. 마들렌이 일부러 엉뚱한 정보를 준 거라면? 란프레디 가문에 해묵은 원한을 품은 마들렌이 자신의 복수를 위해 그녀를 이용한 거라면?

알레시아는 곧바로 돌아서서 가게 주인의 사무실로 달려가 문을 열어젖혔다. 남자는 안락의자에 나른하게 앉아 귀를 긁으며 잡지를 읽고 있었다. 알레시아는 그가 미처 대응할 틈도 없이 전화 수화기를 들어 그의 머리통을 갈겼다.

"밖에 붙은 사진 속 남자 누구야?" 그녀가 고함을 쳤다.

"무슨……?" 가게 주인은 눈썹이 피에 젖은 채 눈이 휘둥그레져서 알레시아를 쳐다보았다.

"디저트 아이스크림 대회 우승자라는 놈 말이야, 그게 누구냐고!"

"내 아들……" 파랗게 질린 가게 주인이 더듬더듬 대답했다.

"아들이라고? 저런 취미 말고, 무슨 일을 하지?"

"특별히 하는 일은 없습니다. 여기서 가게 일을 도와줘요. 말썽부린 적 없는 착한 아이고요."

"두고 보면 알게 되겠지. 당장 이리로 불러. 물어볼 말이 있으니까."

"지금은 안 돼요. 여행중이라."

"여행중이라고? 당신 아들이 어디 있는지 내가 말해줄까? 지금 침대에서 우리 언니를 홀리고 있을 거야. 우리 엄마 목숨을 노리고 접근할 목적으로!"

가게 주인은 침을 삼키면서 한 손으로 조심스럽게 책상 서랍의 손잡이를 잡았다. 그러나 그걸 눈치챈 알레시아가 먼저 만년필을 잡아채 그의 손바닥에 내리꽂았다. 비명소리를 들은 가게 점원이 문을 연 순간 총알 하나가 점원의 얼굴을 스치

듯 날아가 나무 문틀을 부쉈다.

"아캄포라 부인, 부탁입니다." 가게 주인은 당장이라도 울 듯한 표정이었다. "내 아들은 그저 레오네가 시킨 일을 할 뿐이에요. 그게 당신 어머니인 줄 알았으면 절대 한다고 하지 않았을 겁니다. 그애는 그냥 돈이 필요해서 하는 일이에요. 자기 레스토랑을 열려고! 그애의 관심은 레스토랑뿐이니까. 제발 그애를 해치지 말아줘요!"

"내 말 잘 들어, 이 멍청한 놈아." 알레시아가 나지막한 목소리로 말했다. "코시모한테 아까 내가 말한 대로 그대로 전해. 그리고 네 아들이 인생 최악의 멍청한 짓을 저지르기 전에 내가 먼저 도착해 막을 수 있게 해달라고 기도나 해. 안 그랬다간 너도 죽은목숨이야."

알레시아는 피범벅이 된 만년필을 뽑아 다시 연필꽂이에 넣은 뒤, 분노에 휩싸인 채 가게를 나섰다.

거리로 나온 알레시아는 여전히 밀집해 있는 사람들 틈을 헤치며 급하게 나아갔다. 그녀에게 떠밀린 관광객들이 온갖 언어로 욕설을 내뱉었다. 청부살인 계약 실행이 막 시작된 시점에 슈퍼마켓에서 접근해온 남자였다는 말을 듣고서도 어째서 의심조차 못했을까? 디나는 이미 그 남자와 함께 어머니를 만나러 갔는데! 어쩌면 지금쯤 다 같이 잔을 부딪치고 있을지도 모른다! 알레시아는 두방망이질하는 가슴을 가라앉히려 애쓰며 디나에게 전화를 걸었다. 하지만 음성사서함 안내 멘트만 나왔다. 산속이라 전화가 터지지 않는다는 사실이 떠올랐다. 엄청난 불안이 엄습했다. 알레시아는 인도 위를 달리기 시작했고, 차들로 꽉 막힌 대로를 가로질러 지하 주차장으로 향하는 계단을 달려내려갔다.

알레시아는 운전석에 앉아 시디플레이어를 켰다. 명상 음반에서 흘러나오는 음악을 들으며 마음에 평화를 가져다줄 만한 장소를 그려보려고 노력했다. 그녀는 브르타뉴 해변을 떠올리며 속력을 높였다. 고속도로에 들어설 즈음 갈매기들을 향해 기관총을 난사하는 몽상에 젖었다.

20

그날 밤 세 사람은 늦게까지 카드를 쳤고, 마르퀴스가 생프리외의 식품점에 가서 추가로 사온 포도주까지 술을 여러 병 마셨다. 마르퀴스는 두 여자의 술잔이 비지 않도록 계속 따라주었고, 미셸은 그가 점점 마음에 들었다. 유머감각이 넘치는 친절한 청년 같았고, 딸하고도 아주 잘 어울렸다. 아캄포라 사람들을 상종 못할 부류로 여기던 그 빌어먹을 마티외처럼 피곤한 스타일도 아니었다. 세상엔 매일 사무실에 출근하고 전과가 없다는 이유만으로 자기가 남보다 우월하다고 믿는 사람들이 제법 많았다. 미셸은 프티부르주아적인 그런 순응주의가 정말 싫었다. 마르퀴스는 복잡하게 따지지 않으면서 함께 시간을 즐겁게 보낼 수 있는 사람이었다. 말하자면 자신들과 같은 부류의 인간이랄까.

세 사람 모두 술을 꽤 많이 마신 탓에 자리에 눕자마자 깊은 잠에 빠졌다. 따뜻한 털이불을 덮고 누운 미셸은 두서없는 어수선한 꿈에 빠져들었다. 처음에는 레오네와 스키를 타는 꿈이었다. 두 사람은 이내 눈에 덮여 사라지는 S자 라인을 그리며 슬로프를 미끄러져내려갔다. 그러다 갑자기 정신이 아찔해질 만큼 허공 높이 매달린 리프트 위에 레오네와 나란히 앉아 있었다. 레오네는 담배를 입에 물고 허세를 부리며 경치가 아름답다고 감탄했다. 리프트가 움직이는 소리 외에는 사방이 쥐죽은듯 고요했다. 미셸은 불현듯 무언가 잘못되고 있다는 예감에 휩싸였다. 바로 그때 그녀의 스키 한쪽이 부츠에서 분리되어 눈가루 휘날리는 허공으로 그대로 떨어졌다. 그 순간 갑자기 나타난 베르나르가 스노모빌을 몰며 떨어진 스키를 주우러 달려왔다. 미셸이 여전히 리프트 위에서 땅 위의 베르나르를 향해 두 팔을 휘젓자 레오네가 그녀의 턱을 잡으며 말했다. "난 다 알고 있어, 나쁜 년." 미셸은 온몸의 힘이 쭉 빠졌다. 살아남기 위해 스키 폴을 남편의 가슴에 꽂으려 했지만, 손에는 폴 대신 지난밤 마르퀴스가 들고 있던 초리조 소시지가 쥐여 있었다. 언젠가 차 안에서 그녀의 따귀를 세게 갈

기던 때처럼 레오네는 분노에 휩싸인 눈빛을 하고 있었다. 이제 저 손에 죽겠구나 싶었는데, 레오네가 총을 꺼내는 대신 네롱산 너머로 기우는 장밋빛 태양을 가리켰다. 미셸은 난폭한 듯하면서도 낭만적인 면이 공존하는 이런 레오네의 면모를 좋아했었다.

너무 깊이 잠든 탓에 미셸은 방문이 열리는 소리를 듣지 못했다. 마르퀴스가 살금살금 다가오는 기척도 알아채지 못했다. 그가 클로로포름을 적신 손수건으로 입을 틀어막는 동안에도 그녀는 별다른 반응을 하지 못했다.

그 이후에는 모든 일이 순식간에 벌어졌다. 마르퀴스는 미셸을 들어올려 삐걱거리는 소리가 나지 않도록 조심조심 계단을 내려와 어두운 거실을 가로질렀다.

현관문을 열자 얼음처럼 차가운 바람이 미셸의 맨다리를 스쳤다. 은색 달빛 아래 일정하지 않은 형체들이 어두운 정원에 희미하게 모습을 드러냈다. 마르퀴스는 숲으로 이어진 오솔길을 저벅저벅 걸어갔다. 이따금 불어오는 바람이 근엄하게 버티고 서 있는 산을 흔들었다.

100여 미터 간 뒤에 마르퀴스는 강 쪽으로 방향을 틀었다. 정신이 혼미한 상태로 마르퀴스의 품에 안긴 미셸은 마치 아주 먼 곳에서 그의 심장박동 소리가 들리는 것 같았다. 잠시 후 나무들이 빽빽해지면서 그림자들이 이리저리 겹쳐들었고, 올빼미의 차가운 울음소리가 울려퍼졌다. 곧이어 소용돌이치며 흐르는 강물 소리가 밤의 고요 속에 증폭되어 훨씬 크게 들려왔다. 강가에 도착한 마르퀴스는 미셸을 땅에 눕혀놓고서 무릎을 꿇고 앉았다. 그리고 몸을 숙여 미셸의 귓가에 속삭였다.

“아캄포라 부인, 남편분이 이 말을 꼭 전해드리라고 했습니다. 부인을 사랑하신다고, 기다리신다고요. 너무 원망하지 말아달라고도 하셨습니다. 오래 걸리지 않을 겁니다.”

그러고서 마르퀴스는 미셸을 부드럽게 물속에 밀어넣었다.

21

디나는 잠결에 마르퀴스가 옆에 없다는 걸 알아차렸다. 빈 자리를 더듬어보니 시트는 차가웠다. 디나는 잠에서 천천히 깨어났다. 마르퀴스를 만난 지 얼마 되지 않았지만, 그녀는 이미 완전히 마음을 빼앗긴 상태였다. 디나는 이불을 코까지 끌어당기면서 전날 마르퀴스의 제안을 떠올려보았다. 그는 자기가 새 레스토랑을 열면 와서 일하지 않겠느냐고 물었다. 손님들의 음식값을 계산하고 서빙 직원들을 부리고 식자재상들에게 음식 재료를 주문하는 일을 하면서 행복할 수 있을까? 다들 요식업만큼 힘든 일은 없다고들 하지만, 어쩌면 긴급구호단에 있을 때보다 자신이 더 쓸모 있는 인간으로 느껴질지도 모른다는 생각이 들었다. 이전의 자신과 같은 사람들이 점심시간에 쉬면서 좋은 음식을 먹을 수 있게 해주는 일이 내막을 알 수 없는 입찰 공고를 두고 사업을 따내기 위해 에너지를 쏟는 것보다, 빈곤 시장을 차지하기 위해 싸우는 것보다 더 나은 일인지도 모른다.

그녀는 주말이면 마르퀴스를 따라 파티셰이자 조각가들의 경연대회에 가는 상상도 했다. 다른 참가자들의 아내들과 함께 귀빈석에 앉아 남편들이 경쟁하며 만드는 디저트에 대해 수다를 떨 것이다. 그렇다, 그녀에게 꼭 맞는 사람을 드디어 만난 것이리라. 디나는 잠이 조금 덜 깬 상태로 마르퀴스가 돌아오길 기다리며, 어서 그의 품에 안기고 싶었다.

십오 분이 지나도 마르퀴스가 돌아오지 않자 디나는 셔츠를 걸치고 어둑한 복도로 나갔다. 마룻바닥이 내뿜는 차가운 습기 때문에 발가락이 얼어붙는 것 같았다. 불이 전부 꺼져 있어서 스위치를 찾느라 벽을 더듬어야 했다. 마침내 스위치를 찾아 버튼을 누르자 희미한 불빛이 거실을 밝혔다. 그러다 현관문이 제대로 잠겨 있지 않은 게 그녀의 눈에 들어왔다. 설마 마르퀴스가 한밤중에 산책을 나간 걸까? 당황한 디나가 문밖을 살피면서 마르퀴스를 불러보았지만, 대답은 없었다. 정원에는 아무것도 없었고, 그저 매서운 한기만 몰아쳤다. 그녀는 다시 문을 닫고 들어와 어깨 위에 담요를 둘렀다. 거실 벽난로에는 꺼지기 직전의 벌건 잉걸불이 남아 있었다.

디나는 추위에 떨면서 창가로 다가갔다. 별이 가득한 하늘에 초승달이 떠 있었다. 잠시 멍하니 하늘을 바라보는 동안 마음 한구석에서 막연한 불안이 피어올랐다. 그때였다. 정적을 깨고 마치 붕붕대는 곤충 소리 같은 희미한 엔진소리가 들려왔다. 그리고 얼마 안 가 저멀리 도로 위에 자동차 헤드라이트 불빛이 보였다. 알레시아의 스마트였다. 알레시아가 왜 이 시간에 여기까지 온 걸까?

잠시 후 알레시아는 문앞에 차를 세우자마자 소총을 손에 든 채 차에서 뛰어내려 곧바로 거실로 들이닥쳤다.

"그 남자 어딨어?" 알레시아가 소리쳤다.

"뭐?" 디나는 말을 잇지 못했다.

"그자가 킬러야!"

"그게 무슨 소리야?"

"코시모의 연락책을 만나러 갔었어. 그 사람이 운영하는 가게에서 그 우승자라는 남자 사진을 봤고. 주인을 족쳤더니 다 불었다고. 지금 어디 있어?"

"모르겠어." 디나는 표정을 일그러뜨리며 힘없이 대답했다. "한밤중에 일어나 나갔나봐."

"엄마 방은 어디야?"

"위층."

알레시아는 곧장 계단을 뛰어올라갔다.

"엄마가 없어!" 2층으로 올라간 그녀가 소리쳤다.

정신이 멍해진 디나는 마룻바닥에 선 채 그대로 꼼짝도 할 수 없었다. 머릿속이 뒤죽박죽이 되고 가슴속에서 무언가 찢겨나가고 있었다.

"어서 찾으러 가야 해. 빨리 옷 입어. 어서!" 알레시아가 소리쳤다.

디나는 정신이 아득한 상태로 방으로 돌아가 청바지를 입었다. 이 모든 게 자신에게 벌어진 일이라는 실감이 전혀 나지 않았고, 그저 기계적으로 움직일 뿐이었다. 문득 마르퀴스와 함께한 모든 순간이 떠올랐다. 저염버터로 하트를 만들어주던 사람과 엄마의 목숨을 노리는 자가 동일 인물이라는 말인가? 도저히 믿을 수가 없었다. 마르퀴스는 아버지를 비롯한 마피아 남자들과 분명히 달랐다. 하지만 슈퍼마켓에서 우연히 마주친 완벽한 남자가 호감을 보이며 다가왔다는 것, 진짜라고 하기에는 지나치게 환상적인 이야기이긴 했다. 어쩌자고 그렇게 순진했을까? 디나는 울음을 참느라 입술을 깨물었다.

"이거 가지고 있어. 필요할지 모르니까." 알레시아가 망치를 건네주며 말했다.

디나는 무엇엔가 홀린 듯 무덤덤하게, 마치 자전거펌프를 받아들듯 망치를 손에 쥐었다. 알레시아는 디나의 재킷을 어깨에 걸쳐주며 그녀를 밖으로 떠밀었다.

사방에 안개가 자욱했다. 발밑의 얼음이 깨지는 소리 외에는 쥐죽은듯이 고요했다. 알레시아와 디나는 정원 구석구석을 랜턴으로 비추며 덤불 사이를 뒤졌다. 하지만 미셸의 흔적도 마르퀴스의 흔적도 보이지 않았다.

"더 위쪽으로 가보자." 알레시아가 말했다.

자매는 강가로 향했다. 자매가 숨을 쉴 때마다 반투명한 입김이 공기중에 구름을 만들었다. 날이 밝아오며 어두웠던 하늘이 환해지고 있었다. 그때 바닥에 찍힌 발자국들이 디나의 눈에 들어왔다.

22

미셸은 눈을 떠 주위를 둘러보았다. 자신이 와 있는 곳이 어디인지 알 수 없었다. 막 날이 밝기 시작해 아직 주변이 잘 분간되지 않았다. 그녀는 스펀지 매트리스에 누워 있었고, 담요를 덮고 있는데도 몸이 떨렸다. 혀는 입천장에 셀로판테이프처럼 달라붙었고, 머리가 깨질 듯이 아팠다. 그러다 미셸은 문득 누군가 옆에 누워 있다는 느낌에 화들짝 놀라 몸을 일으켰고, 자기가 남자 셔츠를 입고 있다는 걸 알아차렸다. 양쪽 팔뚝은 상처투성이였다. 아무것도 기억나지 않았다. 옆에는 한 남자가 옷을 다 입은 채로 등을 보이고 돌아누워 잠들어 있었다. 미셸은 미간을 찌푸리며 머릿속에서 뒤죽박죽된 기억을 맞춰보려 애썼다.

정면에 먼지 앉은 차 앞유리가 보였고, 차량 계기판이 바로 코앞에 있었다. 그리고 그 위에 그림 도구가 쌓여 있었다. 그때 남자가 돌아누웠고, 미셸은 문신 가득한 이방의 얼굴을 알아보았다. 그녀는 기겁하며 비명을 내질렀다.

"왜 내가 여기 있는 거죠?" 미셸이 소리쳐 물었다.

"어젯밤에 제가 거기 안 가봤으면 돌아가셨어요." 이방이 대답했다.

이방은 더 설명하지 않고 일어서더니 조끼를 입고 트럭 밖으로 나갔다. 이어 차양 아래서 무언가 달그락거리는 소리가 들렸다. 잠시 후 이방이 차문을 열고 김이 올라오는 잔을 건넸다. 미셸은 잔을 받아들고 조심스럽게 뜨거운 액체에 입술을 적셨다. 어젯밤의 기억이 퍼즐 조각처럼 하나씩 제자리를 찾기 시작했다. 전날 밤 카드를 치면서 술을 여러 병 마셨고, 자러 가서는 곧바로 곯아떨어졌다. 그 이후는 아무런 기억이 없었다. 그렇지만, 확실히 설명할 수는 없어도, 이방이 자기를 해치려던 건 아니라는 사실만은 분명했다.

"무슨 일이 있었죠?" 미셸이 물었다.

이제 날이 완전히 밝았고, 나무들 위로 환한 하늘이 모습을 드러냈다. 미셸의 몸속에도 피가 도는 느낌이었다.

"어젯밤에 개가 무슨 기척을 느낀 모양이더라고요." 이방이 대답했다. "무슨 일인가 하고 일어나 가봤더니 웬 남자가 뭔가 수상한 걸 안고 어디로 가고 있었어요. 전 누가 이 근처에서 돌아다니는 걸 안 좋아하니까 따라가봤죠. 그자가 강가에서 멈추길래, 덤불숲 뒤에 숨었어요. 그런데 그자가 안고 온 게 바로 부인이었어요. 처음에는 친절하게 대하는 것 같았죠. 귀에 대고 무슨 말도 했고. 그러더니 부인을 강물에 빠뜨리더군요. 제가 뒤에서 돌로 그자의 머리를 쳤어요. 아슬아슬하게 부인을 물에서 건져냈고요."

"세상에……"

"그놈이 더 괴롭히진 못할 거예요."

"죽었나요?"

"확실히."

"그자한테 데려다줘요." 미셸이 일어서며 말했다. "직접 봐야겠어요."

미셸은 찻잔을 마저 비운 뒤 감각이 무뎌진 팔다리를 폈다. 이방은 트렁크에 들어 있던 낡은 외투를 가져와 그녀에게 건네고서 물고기 내장을 꺼낼 때 쓰는 칼을 찾아 허리띠에 꽂았다. 준비를 마친 그가 휘파람으로 개를 불렀고, 다 함께 강으로 향했다.

머지않아 물 흐르는 소리가 들렸고, 땅에 늘어져 있는 형체 하나가 눈에 들어왔다.

"저기요, 그대로 있잖아요." 이방이 말했다.

골짜기에 새 지저귀는 소리가 가득했다. 이방과 미셸은 시신에서 몇 미터 떨어진 곳에 가만히 서 있었다. 시신은 얼굴이 피범벅이 된 채 머리통은 코코넛 쪼개지듯 벌어져 있었고, 눈은 눈구멍 안쪽으로 뒤집힌 상태였다.

"아는 사람이에요?" 이방이 물었다.

"딸의 남자친구." 미셸이 욕지기를 누르며 대답했다.

미셸은 너무도 반듯해 보이던 저 청년이 청부살인업자일 거라고는 정말 단 한 순간도 생각하지 못했다……

그때 개가 이방의 거처를 향해 으르렁대기 시작했다. 이방은 미셸에게 소리 내지 말라고 손짓하고는 칼을 꺼내들었다. 나무줄기 사이로 사람 형체가 언뜻 지나갔다.

"엄마!" 익숙한 목소리가 들려왔다.

알레시아가 어느새 바위에 올라서서 소총으로 이방을 겨냥하고 있었다.

"그 디저트 우승자라는 놈이 너야?" 알레시아가 외쳤다.

"그건 저놈이야." 미셸이 마르퀴스의 시신을 가리키며 대답했다. "여기 이방이 날 구해줬고."

그래도 알레시아는 여전히 경계를 풀지 않고 이방을 노려보았다.

"마테오도 잘 아는 사람이래." 미셸이 말을 이었다.

"마테오가?"

알레시아는 여전히 총을 겨눈 채 어머니와 이방에게 몇 발짝 다가왔다. 그리고 바닥의 시신과 문신으로 덮인 이방의 얼굴을 번갈아 쳐다보았다.

"저놈이 부인을 강물에 빠뜨리려 했어요." 이방이 말했다.

"당신은 어쩌다 그 시간 그 자리에 있었는데?" 의심을 거두지 못한 알레시아가 다시 물었다.

"이 옆에 사니까."

그제야 알레시아는 긴장을 조금 풀고 마치 죽은 이에게 들을 말이라도 있는 사람처럼 시신 쪽으로 몸을 숙였다.

"정말 큰일날 뻔했어요, 엄마. 언니 남자친구가 킬러라는 걸 알고는 사실 너무 늦었다고 생각했는데……"

"그래, 저놈이 아주 단단히 작정을 했더라고. 디나가 얼마나……"

그때 저멀리 나무들 사이에서 디나가 나타났다. 바닥에 널부러져 있는 마르퀴스를 향해 달려오던 디나는 박살난 그의 머리를 보고 그 자리에서 굳어버렸고, 이내 천둥소리 같은 절규를 내질렀다. 그러다 덤불 쪽으로 달려가 속을 게워냈다.

"시체를 빨리 처리해야 해." 알레시아가 여전히 긴장을 놓지 않고 말했다.

"저놈 차 트렁크에 실어서 불질러버리면 돼." 미셸이 제안했다. "분명 저놈 주머니 안에 차 키가 있을 거야."

알레시아가 무릎을 꿇고 마르퀴스의 주머니를 뒤졌다. 그리고 회심의 미소를 지으며 그의 재킷 주머니에서 마그네틱 키를 꺼냈다.

"이제 시체를 옮기기만 하면 되는데……" 알레시아가 나지막하게 말했다.

"괜찮다면 제가 도와드릴 수 있어요." 자동차가 고장나서 길가에 서 있는 사람에게 도움의 손길을 내밀듯 이방이 아무렇지도 않게 말했다.

"그래주면 너무 고맙죠. 자, 바로 시작하죠. 다리를 잡아줘요. 엄마랑 내가 팔을 잡을 테니. 셋에 들어올리는 거예요. 준비됐죠?"

알레시아가 하나, 둘, 셋을 셌다. 세 사람이 감자 포대를 나르듯이 자신의 연인을 들어올리는 장면을 지켜보며 디나는 정신을 놓을 지경이었다.

시체를 차까지 옮기는 동안 알레시아는 곁눈질로 이방을

관찰했다. 인디언 같은 얼굴에 누가 봐도 막 정신병원에서 나온 사람 같았고, 누구라도 쉽게 싸움을 걸지 못할 외모였다. 게다가 일을 가리지도 않을 것 같았다. 원래의 목적을 달성하려면 알레시아에겐 사람이 더 필요했다. 이방 정도면 근접 경호를 맡기기에 적격이었다. 알레시아는 그를 한번 떠보기로 했다.

"엄마를 구해줘서 정말 고마워요. 사람을 죽인다는 게 쉬운 일이 아닌데, 특히 처음에는……"

"아, 난 익숙해요." 이방이 대답했다. "사는 곳 근처에 귀찮게 접근하는 인간들을 처리해야 했거든요. 난 누가 내 울타리 안에 발을 들여놓는 거 싫어해요."

알레시아의 생각에, 이방은 마약을 거래할 때 현장 감시를 맡기기에 완벽한 인물이었다.

"그러면 혹시 저 시체를 처리할 만한 곳을 좀 알아요?" 미셸이 대화에 끼어들었다.

"그야 너무 쉽죠. 저쪽으로 가면 돼요. 스키 슬로프에서 멀어지면 인적 안 닿는 지역이 수두룩해요."

"우릴 좀 안내해줄 수 있어요?"

"물론이죠."

그들은 마르퀴스의 차로 가서 시체를 트렁크에 집어넣은

뒤 차에 올라탔다. 알레시아가 운전석에 앉았다.

"등성이 쪽으로 가요." 이방이 말했다.

알레시아는 훌륭한 안내인을 만나 흡족했고, 그의 냉정함과 효율적인 일 처리가 아주 마음에 들었다. 그녀는 차가운 공기가 들어오도록 창문을 몇 센티미터 내렸고, 절벽을 따라 이어진 굽잇길로 차를 몰았다. 뒷자리에서 미셸은 미니 시가를 피웠고, 디나는 자신의 연인이었던 남자를 불에 태워버릴 마음의 준비가 되었다고 스스로를 세뇌하려 애썼다.

갈림길에 이르러 알레시아는 이방의 지시대로 오른쪽으로 꺾었다. 벌목지로 향하는 길이었다. 곧고 좁은 진창길이 그루터기들 사이로 이어졌다.

"100미터쯤 더 가면 돼요." 이방이 말했다. "불이 나도 아무도 놀라지 않을 곳이죠. 벌목꾼들도 여기서 잔가지를 자주 태워요."

알레시아는 차를 세운 뒤 트렁크에서 휘발유통을 꺼내왔다. 그리고 차에 휘발유를 끼얹고 나서 땅에도 가는 선을 그리듯 조금씩 뿌린 다음 성냥을 그어 바닥에 던졌다. 불길이 하늘로 치솟으며 마르퀴스의 차를 태우기 시작했다. 타닥거리는 경쾌한 소리와 함께 불길이 숲을 대낮처럼 환하게 밝혔다.

"곧 폭발할 거야." 알레시아가 나지막하게 말했다.

모두 서둘러 숲을 가로질러 내려왔다. 곧이어 굉음이 울려 퍼졌고, 플라스틱 타는 지독한 냄새가 공기중에 퍼져나갔다. 일 처리가 깔끔하게 끝났다.

"내일 간단한 일을 하나 해줄 수 있어요?" 이방과 나란히 걷던 알레시아가 그에게 넌지시 물었다.

"내가요?"

놀란 이방은 휘둥그레진 눈으로 알레시아를 쳐다보았다. 분명 이런 식의 채용 제안이 자주 있는 일은 아닐 터였다.

"잘해내면 정식으로 채용할게요. 보수도 후하게 지급하고." 알레시아가 말했다.

알레시아는 이런 남자가 급여조건과 근무시간을 까다롭게 따져대는 좀 배웠다는 요새 젊은 사람들보다 일을 훨씬 더 헌신적으로 잘할 거라고 생각했다.

23

리옹 생텍쥐페리공항은 여행 가방이 가득 실린 카트를 미는 사람들, 바퀴 달린 트렁크를 끄는 사람들로 북적였다. 미셸은 딸들 사이에서 외투 주머니에 한 손을 넣은 채 숨겨놓은 권총을 꽉 쥐고 있었다. 킬러는 제거했지만 그래도 당분간 이 나라를 떠나 있기로 했다. 알레시아의 말대로 그르노블에 곧 피바람이 불 테니, 멀리 피해 있는 게 안전했다. 준비는 알레시아가 모두 해두었다. 미셸은 남아메리카로 가서 아캄포라 집안의 친구 집에 머물기로 했다. 마음고생이 심했으니 휴양을 다녀오면 한결 기분전환이 될 것이다.

공항 스피커에서는 바르셀로나행 항공기 탑승 시작을 알리는 안내방송이 나오고 있었다. 미셸은 두 딸과 함께 기념품가게, 간이식당, 신문판매점 앞을 지나 에어프랑스 카운터로 향했다.

“아르헨티나행 제일 빠른 비행기가 몇시에 있죠?” 알레시아가 물었다.

“두 시간 후에 부에노스아이레스행 비행기가 있습니다. 비즈니스 클래스 좌석이 남아 있고요.”

미셸은 가짜 신분증을 제시하고 카드로 결제했고, 이내 직원이 티켓을 건네주었다.

“위탁하실 수하물이 있나요?”

“없어요. 들고 탈 가방이 전부예요.”

“한 시간 삼십 분 후에 2번 홀 5번 탑승구에서 탑승하시면 됩니다.”

보안검색대에 이르자 미셸은 앞으로 꽤 오랫동안 두 딸을 만날 수 없으리라는 생각이 들었다. 딸들에게 고맙다고 말하고 싶었지만, 아캄포라 집안 사람들에게는 어울리지 않는 말이었다. 대신 그녀는 알레시아에게 손수건에 싼 권총을 슬쩍 건네주었다.

“앞으로 보름 동안은 우리한테 전화하지 마요.” 알레시아가 말했다. “그뒤에도 공중전화나 선불폰을 이용해야 해요.

이쪽 상황이 진정되면 연락드릴게요."

"조심해요, 엄마." 디나가 말했다.

세 모녀는 서로 포옹하며 작별인사를 나누었고, 미셸은 엑스선 검색대로 향했다. 짐가방 여러 개가 검색대 아래를 줄지어 지나가고 있었다. 뒤돌아보니, 두 딸은 이미 보이지 않았다.

미셸은 보안 검사를 마치고 탑승장 내 바로 들어가서 활주로가 보이는 카운터 자리에 앉았다. 보잉기 한 대가 이륙 준비를 하고 있었다. 그녀는 위스키 온더록스 한 잔을 주문한 뒤 주변을 돌아보았다. 사람들은 신문을 읽거나 핸드폰이나 노트북을 두드리며 출발을 기다리고 있었다. 대부분 흰색 와이셔츠에 넥타이를 맨 양복 차림의 남자들로, 저마다 중요한 일을 하러 간다는 확신에 찬 듯 보였다.

미셸은 커다란 손목시계를 찬 웬 나이든 남자가 바 반대쪽 끝에서 자신이 앉은 쪽을 흘끗거린다는 걸 알고 있었지만 무시해버렸다. 그녀는 앞으로 페드로 말라로다의 집에서 펼쳐질 삶을 그려보았다. 밀라노에서 열린 파티에서 그를 본 적이 있었고, 때로 행동이 좀 특별한 사람임을 알고 있었다. 죽은 남편처럼 그도 좀 충동적인 인간이었다. 알레시아가 작은 선물로 동종요법 약품을 보내주기로 했으니 아마도 미셸을 잘 받아줄 것이다. 최고의 보안 시설이 갖춰진 그의 저택에서라면 위험할 일이 없었다. 미셸은 풀장에서 페르네트*를 마시면서 빈둥거리는 것 외에는 다른 할일이 없으리라. 이전과 똑같은 삶이 이어질 것이다…… 미셸은 베르나르 역시 무사히 위기를 모면했기를 기원했다. 위스키를 한 잔 더 마시자 살짝 취기가 도는 바람에 부에노스아이레스행 탑승 안내방송을 놓칠 뻔했다.

비행기가 잿빛 하늘로 날아올랐다. 고도가 높아질수록 먼 곳의 들판과 산들까지 시야에 들어왔다. 저 아래 네롱산과 벨돈산이 보이는 것 같았다. 비행기가 천장처럼 하늘을 덮고 있던 구름을 뚫고 올라가자, 내려다보이던 험준한 지형이 모습을 감추었다. 미셸은 선글라스를 벗고 목을 뒤로 기댔다.

미셸은 눈을 감고서 외국에 나간 레오네를 만나기 위해 혼자 비행기를 타던 오래전 한때를 떠올렸다. 도착하면 늘 운전기사가 공항으로 마중을 나와서 알아들을 수 없는 언어로 떠들어대면서 호텔로 데려다주었다. 호텔방 안에는 늘 샴페인 한 병과, 자신이 몇시쯤 돌아온다거나 어느 레스토랑으로 나오라는 레오네의 메시지가 놓여 있었다.

미셸은 지난날을 떠올리며 한숨을 내쉬었다. 지금까지 수

---

* 이탈리아 허브주 '아마로'의 일종. 아르헨티나에서 많이 소비된다.

많은 일이 있었지만, 어쨌든 그간 레오네와 함께했던 삶은 더 없이 멋졌다.

24

알레시아는 성당 안 맨 앞줄에 아이들과 티에리, 디나, 마들렌 가운데 앉았다. 마피아 조직원 모두가 참석했고, 친척들과 지역 명사들도 왔다. 베르나르만 연락이 닿지 않았다. 알레시아가 몇 번 전화를 걸고 집으로도 찾아가보았지만 끝내 만나지 못했다. 알레시아는 그가 주검이 되어 어느 우물 속에 처박힌 채 썩어들어가고 있는 것은 아닐까 걱정스러웠다.

음울한 파이프오르간 선율이 울려퍼지기 시작하면서 성당의 벽이 진동했다. 잠시 후 다시 고요해졌고, 이어 사제가 열띤 강론을 시작했다. 여자들은 손수건으로 눈물을 닦았고, 남자들은 무표정한 얼굴로 담담하게 정면을 응시했다. 성당은 사람들로 가득했지만, 사람들의 열기로도 돌벽이 내뿜는 차가운 공기를 쉽게 데우지는 못했나.

알레시아는 이따금 중앙 통로 건너편에 앉은 레모에게 눈길을 던졌다. 레모는 휠체어에 앉아 있었고, 그 주위에 옛 부하들과 요양원에서 같이 지내는 이들 몇몇이 자리했다. 사제의 강론이 끝난 뒤 사람들 여럿이 차례로 나와 고인을 기리는 감동적인 추모사를 이어갔다. 듣고 있자면, 레오네 아캄포라는 세상에서 가장 훌륭한 인간, 그야말로 헌신과 선함의 전범이었다. 정작 관 속의 레오네는 그런 찬사에는 관심 없다는 듯 기품 있는 얼굴로 평온하게 누워 있고, 그의 재킷 목깃에는 꽃 한 송이가 꽂혀 있었다. 구두 옆에는 리본으로 장식한 자그마한 꾸러미가 놓여 있었다. 알레시아가 자기가 자른 발가락을 기어이 가져다놓은 것이다.

장례식이 끝난 뒤 남자 넷이 관을 들어 성당 밖에서 기다리는 영구차로 운구했다. 사람들도 조용히 따라 나왔다. 성당 앞에서 조문객들이 디나와 알레시아에게 다가와 조의를 표했다. 미셸을 찾는 이들에게 자매는 어머니는 상심이 너무 커서 병이 나셨다고, 의사가 절대안정을 취하라고 했다고 둘러댔다.

"저희 부모님이 원래 떨어져선 못 사는 분들이셨거든요."

사람들은 수긍하며 연민의 눈길을 보냈다. 사십오 년을 함께한 미셸과 레오네는 남들이 보기에는 더없이 이상적인 부부였기 때문이다.

레모 란프레디도 휠체어를 몰아 디나와 알레시아에게 다가왔다.

"고인의 명복을 비네. 레오네와 나는 형제나 다름없으니, 내 도움이 필요하거든 언제든 연락하게."

"고맙습니다." 알레시아가 나지막하게 대답했다.

"미셸은 괜찮나?"

"쉬고 계세요. 아시겠지만 워낙 큰일을 치러서……"

"그렇지. 어떤 놈이 그런 계약을 받아들였는지 내가 미리 알았으면 분명 말해줬을 거야. 미셸이 잘 헤쳐나가길 바라네. 참, 좀 이따 내 아들과 만나기로 했다는 얘기 들었어. 잘됐어. 분명 둘이 마음이 잘 맞을 거야."

"저도 바라는 바예요." 알레시아가 대답했다.

묘지에서 매장 절차가 다 끝난 뒤, 조문객들은 생로랑 강변로의 피자집으로 향했다. 그곳에 산악인 레오네 아캄포라를 기리는 칵테일파티가 준비되어 있었다. 남자들은 카나페를 먹으면서 레오네와 함께한 추억들을 떠올렸다. 무기를 들고 쳐들어간 일, 경찰과의 추격전, 감옥살이, 함께 포커를 치던 일, 그리고 레오네의 타고난 운에 대해서도 이야기했다……

찬란한 시절이었다. 그 옆에서 여자들은 진회색 양복을 입고 눈부신 자태를 뽐내는 잘생긴 티에리를 힐끗거렸고, 그러면서 각자 폭삭 늙어버린 남편을 생각하며 푸념을 늘어놓았다. 악사가 다니 브리앙의 노래들을 연주했고, 키안티 와인과 프로세코 와인이 곳곳에 넘쳐흘렀다.

석양이 깔릴 무렵 알레시아는 조용히 레스토랑을 나섰다. 짙게 선팅된 사륜구동차 한 대가 맞은편 도롯가에서 그녀를 기다리고 있었다. 알레시아는 뛰어서 길을 건넜다.

"출발해!" 알레시아가 조수석에 올라타며 말했다.

세트로 스키장까지는 족히 한 시간이 걸렸다. 운전석에 앉은 난쟁이가 시동을 건 뒤 사랑 노래들이 수록된 컴필레이션 음반을 틀었다. 일종의 업계 전통이었다. 사람을 죽이기 전 마음의 준비랄까. 뒷좌석에서 알론소는 전자담배를 빨고, 이방은 새 벨벳 바지를 만지작거리면서 창유리 너머로 스쳐지나가는 풍경을 감상했다. 외투와 실크 스카프, 태슬 장식이 달린 로퍼까지 새로 장만해 그는 전과 전혀 다른 모습이었다. 새로운 일을 앞두고도 그다지 스트레스를 받는 것 같지 않았다.

알레시아는 눈을 감고 엔진소리에 몸을 내맡겼다. 곧 이차선도로가 끝나고 산으로 오르는 좁고 구불구불한 길이 나왔다. 그사이 날이 저물었고, 커브를 돌 때마다 헤드라이트의 노란색 빛줄기가 허공을 비추었다.

스키장에 도착한 일행은 호텔 주차장에 차를 세웠다. 고도가 높아진 탓에 날이 몹시 쌀쌀하고 건조했다. 발코니마다 줄에 달린 작은 전구들로 장식되어 있고, 굴뚝에서는 반투명한 연기가 피어올랐다. 그들은 트렁크에서 천 자루를 꺼내들고 정상으로 향하는 리프트로 걸음을 옮겼다. 스키를 타던 사람들은 이미 숙소로 돌아가거나 레스토랑에 들어갔고, 불 밝혀진 창문 밖에서 그들의 존재를 말해주는 건 눈 위의 발자국뿐이었다.

알레시아는 운행 시간이 끝난 뒤에도 리프트를 탈 수 있도록 스키장 직원 하나를 매수해놓았다. 그들이 리프트에 앉자 발아래 땅이 서서히 멀어져갔다. 뾰족한 산봉우리에 쌓인 눈이 달빛 아래 은빛으로 반짝였다. 난쟁이와 알론소는 긴장한 얼굴이었고, 신경질적으로 안전 바를 두드려댔다. 반대로 이방은 황홀한 듯 경치를 감상했고, 물 만난 물고기처럼 여유로워 보였다.

리프트가 정상에 이르자 그들은 내려서 약속 장소로 걸어갔다. 최상급자용 슬로프가 시작되는 지점의 비교적 평평한 땅이었다. 알레시아가 두 지점을 가리키자 난쟁이와 알론소가 곧바로 높이 솟아오른 바위들 뒤로 몸을 숨겼다. 이방은 주머니 속에 숨긴 잭나이프를 움켜쥐고서 일레시아 곁에 서 있었다. 오후 여섯시 오십이분. 코시모 일당이 곧 나타날 시간이었다.

잠시 후 하늘에서 정적을 깨며 커다란 소리가 들려왔고, 곧이어 헬리콥터 한 대가 산 사이에서 불쑥 모습을 드러냈다. 헬리콥터가 소용돌이를 일으켜 사방에 눈가루를 휘날리며 천천히 내려앉았다. 프로펠러가 완전히 멈추자 문이 옆으로 밀리면서 작지만 다부지고 목이 굵은 갈색머리 남자 둘이 나타났고 그 뒤로 삼십대로 보이는 호리호리한 남자가 보였다. 코시모는 아버지 레모의 판박이였다. 두툼한 패딩점퍼를 입고 털모자를 쓴 그는 땅에 내려서더니 주변을 둘러보며 숨을 깊이 들이마셨다.

"코시모! 어서 와." 알레시아가 소리쳤다.

"알레시아!" 코시모가 미소를 지으며 대답했다. "아버지 일은 정말 유감이야. 장례식에 가봤어야 하는데 미안하네."

그들은 서로 가볍게 끌어안고 어깨를 두드리며 인사했다.

"복귀 준비는 잘 돼가고?" 알레시아가 물었다.

"물론이지. 아버지가 그르노블에서 멀지 않은 곳에 쓸 만한 은신처를 구해주셨지. 그저께 그리로 옮겼어. 일단 거기 머물면서 서류들부터 살펴볼 생각이야."

"이 지역은 잠재력이 커. 앞으로 하나씩 설명해줄게. 일단 제일 큰 문제는 아프리카놈들이야." 알레시아가 한숨을 내쉬었다.

"중요한 얘기는 아버지한테 들었어. 내가 맡을게. 칼잡이 오마르라는 놈부터 제거해야지. 나의 그르노블 입성 선물이 될 거야."

그러니까 코시모가 구했다는 고성능 저격소총은 시테드라베이의 새 주인이 된 오마르를 제거하기 위한 것이었다. 왜 생각 못했을까…… 코시모로서는 이름을 알리기에 가장 좋은 방법이 분명했다. 알레시아는 생각했다. 좋은 전략이야. 하지만 그리 쉽게 이루어지진 않을 거야…… 그리고 그녀는 조심스럽게 오른손을 들어올렸다. 이방이 기다리던 신호였다. 곧 이방은 코시모에게 달려들어 칼로 그의 목을 찔렀다. 코시모의 얼굴에 놀라움과 공포심이 동시에 번졌다. 그는 숨이 막혀 헉헉대며 두 손을 목으로 가져갔고, 곧 눈밭 위로 무릎을 꿇고 쓰러졌다. 코시모의 부하들이 미처 대응하기도 전에 숨어 있던 총구가 불을 뿜었고, 모두 그대로 쓰러졌다.

헬리콥터 조종사가 시동을 걸려 했지만 이방이 벌써 조종석으로 달려들었고 곧 헬리콥터 앞유리에 피가 튀었다. 작전은 그야말로 순식간에 끝이 났다.

무거운 적막이 이어졌다. 알레시아는 시체들 한가운데 아득한 표정으로 가만히 서 있었다. 잔바람이 불면서 화약 냄새가 서서히 흩어졌다. 머리 위로는 보름달이 은은한 빛을 쏟아내고 있었다. 알레시아는 살짝 미소를 지으며 그날 아침식사를 하면서 적어둔 긍정적인 문장을 다시 떠올렸다. 나는 목표를 이루기 위해 어떻게든 방법을 찾아낸다.

25

알레시아는 생브뤼노 구역에 있는 증기탕으로 여자들을 불러모았다. 덥고 습하고 밀폐된 조용한 공간에서는 염탐을 당하거나 방해받을 위험이 없었다. 그 자리에 모인 여자들 중에는 거물 헤로인 거래상의 아내 다닐라, 거대 도박장 운영자의 아내 베라, 부동산개발업자들과 거래에 능한 미망인 마엘도 있었다. 실오라기 하나 안 걸치거나 수건으로 몸을 감싼 여자들은 얼굴과 몸을 씻었고, 머리카락을 손질하기도 했다. 하나같이 얼굴에 땀이 맺히기 시작했고 심장박동도 느려졌다.

알레시아는 어깨에 사봉누아르*를 칠한 뒤 까끌한 목욕 장갑으로 힘주어 문질렀다. 각질이 지우개 똥처럼 밀려나왔다.

그녀는 타일이 깔린 공간 중앙에 있는 탕으로 가서 양동이에 물을 채운 뒤 자기 자리로 돌아왔다. 드디어 때가 왔다. 마피아 대부 자리를 승계하겠다고 나설 수 없고, 더구나 이제는 아이들도 어느 정도 커서 일에 완전히 매달릴 수 있는 시간도 많아졌다. 만일 지금 모인 여자들만 설득할 수 있다면 정상에 오르기까지 절반은 이른 셈이었다. 여기선 아무도 마르퀴스의 존재를 몰랐다. 알레시아는 마들렌이 처음 예상했던 대로 코시모가 어머니를 죽이려 했고, 그래서 그를 제거할 수밖에 없었다고 말하기로 했다. 개인적인 야심을 채우기 위해 지나친 폭력을 휘둘렀다는 비난은 무슨 일이 있어도 피해야 했다. 남자들은 그런 일을 저질러도 용서받을 수 있지만 여자들의 경우는 그렇지 않았다.

"앞으로의 일에 대해 얘기해보죠." 알레시아가 가는 물줄기를 가슴팍에 뿌리면서 말을 꺼냈다.

여자들은 들고 있던 목욕 장갑, 손톱 줄, 머리빗을 내려놓았다.

"제 아버지 레오네 아캄포라는 돌아가셨어요." 알레시아가

* '검은 비누'라는 뜻으로, 식물성기름과 검은 올리브, 수산화칼륨을 섞어 만든 반고체 세정제.

계속 말을 이었다. "아시다시피 코시모 란프레디가 그 자리를 이어받기로 되어 있었고요. 그런데 그놈이 저희 어머니를 죽이려 했어요. 레모도 알고 있었고요. 형제나 다름없는 같은 조직원의 아내를 거리낌없이 죽이려 한 거죠."

여자들이 놀라며 분노했다. 마피아의 세계에서 침묵의 계율을 어겼을 경우 같은 조직원이더라도 당연히 제거 대상이 되었지만, 개인적인 문제를 해결하기 위한 살인은 예전처럼 받아들여지지 않았다. 마피아도 현대화되고 있었다.

"내가 그럴 줄 알았어!" 마들렌이 혐오스럽다는 표정으로 소리쳤다. "그놈이 내 조카한테 어떤 짓을 했는지 다들 기억하죠?"

"안심하세요. 어머니는 무사히 탈출하셨어요." 알레시아가 말을 이었다. "그러니까 코시모는 레모 란프레디의 자리를 이어받을 수 없어요. 이제는 승계 방법을 바꿀 때예요. 가족의 가치마저도 존중하지 않는 란프레디 패밀리로부터 권력을 되찾아와야 해요."

여자들 대부분 알레시아를 지지했다. 물론 레모와 너무 가깝지 않은 조직원들의 아내들만 불러놓기도 했다. 알레시아로서는 무엇보다 든든한 기반을 다지는 일이 중요했다.

"레모 패거리는 그동안 비열한 짓을 숱하게 저질렀어요!"

드니즈가 말했다. 란프레디 패밀리의 손에 아들 하나를 잃은 여자였다. 그 아들이 손을 씻었다는 이유 때문이었다.

"오늘 이렇게 여러분을 모신 건 여러분의 지지가 필요해서예요." 알레시아가 말했다.

"우리가 어떻게 하길 바라는 거지?" 베라가 물었다.

"댁으로 돌아가셔서 남편분들에게 저와 손잡으시라고 설득해주세요. 제가 드릴 수 있는 건 더 확실한 안전과 더 많은 돈이에요. 우선 마약 거래부터 보자면, 전 마르세유와 나폴리의 공급업자들과 손이 닿아 있어요. 약국을 이용해서 수부텍스나 메타돈 같은 합법적인 물건들을 확보하기도 쉽고요. 약국은 은밀하게 거래하기에 아주 좋은 곳이죠. 동종요법 약인 척 파는 방법이 최고예요. 이제 이 지역 중독자들은 약국에서 어떤 암호를 대면 약을 살 수 있는지 다 알죠. 조만간 트레클루아트르 지역에 약국을 하나 더 열 생각이고, 그다음엔 생마르탱데르에도 열 거예요. 게다가 약국을 거치면 돈세탁도 걱정하지 않아도 돼요."

알레시아는 잠시 쉬었다가 다시 말을 이었다.

"어쩌면 인도주의단체 지원 물품 속에 마약을 숨겨 통과시켜줄 사람도 찾을 수 있을 것 같아요. 그 정도 스케일이면 수입이 엄청날 거예요. 구리 루프 사업도 전망이 아주 좋고요.

우리가 제약회사 쪽에 최대 공급처가 될 거예요."

증기탕 안에 알레시아에 대한 경의가 실린 침묵이 흘렀다.

"아시다시피 전 규칙을 존중하는 사람이에요. 레모의 조카보다는 제가 이끄는 게 훨씬 나아요. 그들이 얼마나 비겁한 짓을 벌였는지 모두 아시잖아요. 경찰 방탄차에 공격을 해대다가 두 사람이 죽었고 못해도 열 명은 감옥에 갔죠."

"머리가 텅텅 빈 멍청한 인간들이지." 다닐라가 응수했다.

"전략 같은 건 쓸 줄도 모르고." 마엘이 거들었다.

"무엇보다 그 사람들은 세상이 변했다는 걸, 이젠 합법적인 경제에 투자해야 한다는 걸 이해하지 못해요." 알레시아가 다시 말을 이었다. "그게 우리 남편이나 아들들이 철창에 갇히지 않고 돈을 벌 수 있는 유일한 방법인데 말이에요. 우리 여자들이 혼자 늙지 않으려면 이젠 부동산, 관광업, 공공 토목공사, 보건, 스포츠, 그리고 정치, 이런 쪽을 뚫어야 해요!"

여자들이 진심에서 우러나오는 박수를 치며 동조했다. 몇 년 전부터 란프레디 패밀리의 사업 방식을 따르다가 집안의 남자들을 잃었다. 새로운 세대는 더는 그런 상황에 만족하지 않았다. 그들은 마피아도 다른 사람들처럼 가족끼리 바캉스를 떠나고, 여가를 누리고, 미래 계획을 세울 수 있기를 바랐다.

"잘살려면 돈이 필요해요." 알레시아가 청중들의 반응에 한껏 고무되어 계속 말을 이었다. "하지만 돈이 다는 아니죠. 우리 아이들을 길러낼 어린이집과 학교도 필요해요. 그래서 사립 어린이집 건립에 투자하자고 제안드리고 싶어요. 엄청난 수요가 있기도 하고, 부모들은 자기 자식들을 위해서라면 얼마가 됐든 돈을 쓸 테니까요. 물론 우리 아이들이 우선적으로 들어갈 수 있도록 해야죠. 어린이집 다음에는 학교도 똑같이 만들 계획이에요. 로르, 아들이 아켄차라는 성을 가졌다는 이유로 사립학교 입학을 거부당했죠? 내가 구상중인 시스템이 마련되면 그런 일은 다시는 일어나지 않을 거예요. 우리는 모든 아이를 차별 없이 받아들일 겁니다. 그렇게 우리가 믿는 가치를 아이들에게 전해줄 수 있죠. 이런 게 바로 계승 아니겠어요?"

알레시아의 말에 지지의 물결이 쏟아졌다. 그중 몇몇은 일어서서 알레시아에게 다가와 그녀를 안아주기도 했다. 알레시아는 알 수 있었다. 이제 승리는 그의 손에 있었다.

에필로그

디나는 슈퍼마켓에서 흘러나오는 음악에 귀기울이지 않으려 애쓰면서 상품 진열대 사이로 카트를 밀고 나아갔다. 플라스틱 카트 손잡이를 꽉 잡은 두 손이 축축했다. 통조림 코너에 이르러 그녀는 카술레 통조림들 앞에 굳어버린 듯 가만히 서 있었다. 몇 주 전 마르퀴스를 처음 만난 자리였다. 지난 몇 주가 까마득한 과거처럼 느껴졌다. 지금도 디나는 자기가 만났던 남자가 사람들이 나쁜 놈이라고 말하는 남자와 같은 인물이라는 게 믿어지지 않았다. 설사 마르퀴스가 목적을 가지고 접근했다 하더라도, 그와의 관계가 송두리째 거짓은 아니었다고 확신했다.

디나는 길게 숨을 내쉬며 목에 걸린 소시지 목걸이를 만져 보았다. 마르퀴스가 죽은 뒤로 늘 걸고 다녔다. 그냥 돈이 필요하다고 말했으면 아버지가 남겨준 시멘트회사 주식을 다 줄 수도 있었을 텐데. 어쩌다 이렇게 엉망진창이 되었을까……

디나는 아르헨티나로 떠난 어머니를 떠올렸다. 지금쯤 페드로 말라로다의 보호를 받으며 자쿠지 탕에 몸을 담그고 편안히 쉬고 있을 터였다. 이제 어머니는 걱정되지 않았다. 어머니는 분명 말라로다를 잘 다룰 테고, 말라로다 역시 필요한 시간 동안 어머니를 잘 보호해줄 것이다. 하지만 알레시아는…… 이야기가 달랐다. 지금 그녀가 계획중인 일을 끝까지 밀어붙여도 될지 망설이게 만드는 유일한 존재가 바로 알레시아였다.

그때 라이더재킷 차림의 턱수염이 무성한 남자가 다가왔다. 디나는 이곳에서 만나기로 약속한 남자이리라 짐작했다.

"카술레를 좋아하시나요?" 남자가 물었다.

서로를 확인하기 위해 미리 전화로 약속한 암호였다.

남자를 바라보면서 디나는 마르퀴스와 처음 만난 상황으로 되돌아간 기분이 들었다. 다만 지금 눈앞의 남자는 늙고 못생겼다는 게 달랐다. 디나는 곧바로 대답하지 않았다. 최대한 자연스럽게 카트를 밀며 나아갔고, 남자는 진열대 사이로 그녀를 따라오면서 들고 있던 바구니에 아티초크 통조림 하나와 토마토소스를 집어넣었다. 그러다 디나는 걸음을 멈추고 옥수수 통조림을 살폈다.

일주일 사이에 그녀는 아버지와 직업과 연인을 잃었다. 자신의 삶에 새로운 의미 부여가 필요했다. 삶의 논리를 바로잡고 정당성을 찾아야 했다. 자기 목소리를 내는 건 모든 것을 바꾸고 고리를 끊는 방법이었다. 말하기로 결심하는 순간 가족과의 인연은 영원히 끊어질 터였다. 더는 아캄포라라는 이름으로 불릴 수도 없을 것이다. 다른 이름, 단어가 지닌 의미 그대로 깨끗한 이름을 얻게 될 테고, 그 새 이름을 가지고 다른 삶을 시작하게 될 것이다. 하지만 그 새로운 삶이 어떤 삶일지는 알 수 없었다. 그녀는 밤새도록 여러 가지 가능성에 대해 생각해보았다. 어느 섬에 가서 샌드위치가게를 열 수도 있고, 댄스 수업을 들을 수도, 환경보호단체에 들어가서 활동할 수도, 난초를 심거나 프루스트의 책을 읽을 수도 있었다. 또 바닷속에서 잠수 연습을 하거나 등산을 할 수도, 브뤼노나 장이브 같은 나쁜 놈들을 전부 고발해버릴 수도 있었다. 이제 더는 아침에 알람을 맞추지 않아도 되고, 쓰레기 같은 상사의 명령을 따르지 않아도 되고, 그 밖에 무엇이든 내키는 대로 할 수 있었다. 모두 아버지가 남겨준 시멘트회사의 수입 덕분에 가능한 일이었다. 고마워요, 아빠!

한편으로 디나는 마피아를 고발하는 사람에게 어떤 일이 기다리는지도 너무 잘 알고 있었다. 삶이 엉망이 되고, 목숨을 걸지 않고서는 집밖에 나갈 수도 없다. 그래도 그녀는 결심을 했다. 긴급구호단 건의함에 익명 편지를 넣으면서 스스로 해낼 수 있다는 자신감도 얻었다. 멀리 떠나버리면 어쩌면 모두에게서 잊힐지 모른다는 기대도 있었다. 어쨌든 지금으로선 더이상 아무것도 중요하지 않았다.

디나는 고개를 끄덕인 뒤 턱수염 무성한 남자와 나란히 걷기 시작했다. 그리고 함께 냉장식품 코너로 가서 닭고기 진열대 앞에 멈춰 섰다.

"아는 대로 다 말할게요." 털이 다 뽑힌 하얀 생닭을 응시하며 디나가 나지막이 말했다. "일기장에 제가 어릴 때 저희 집에 왔던 사람들, 아버지와 함께 일했고 또 제 동생 알레시아와 함께 일하는 사람들 이름이 다 적혀 있어요. 대신 제게 새 신분증을 만들어주고 증인보호 프로그램을 가동해줘요. 그리고 알레시아가 감옥에 가더라도 편히 지낼 수 있어야 하고요. 조카들이 적어도 일주일에 한 번은 면회할 수 있게 해주세요. 알레시아의 죄는 그저 부모님의 가르침을 그대로 받아들인 것뿐이에요. 자기 방식으로는 아주 올바른 사람이죠."

“그렇게 하겠습니다.” 형사가 대답했다. “내일 판사를 찾아가면 전부 서면으로 약속해줄 겁니다. 희망하시는 대로 정착할 곳이 정해질 때까지는 곧바로 안전 가옥으로 거처를 옮기시고요.”

디나는 통통한 닭고기 하나를 집어들고 가슴에 갖다댔다. 알레시아가 계획대로 보스가 되었다면 결국 철창 안에서, 더 나쁘게는 가슴에 총을 맞고 인생이 끝나버렸을 것이다. 어떤 면에서 그녀가 알레시아의 목숨을 구한 셈이었다.

디나는 희미한 미소를 지으며 그날 아침 종이에 써서 주머니에 넣어둔 문장을 떠올렸다. 매일매일이 새로운 출발이다.

문학동네 세계문학
마피아가 여자들

초판 인쇄 2021년 12월 20일 | 초판 발행 2022년 1월 7일

지은이 파스칼 디에트리슈 | 옮긴이 윤진
기획·책임편집 김미혜 | 편집 신선영 이희연 김혜정
디자인 김이정 최미영 | 저작권 박지영 이영은 김하림
마케팅 정민호 정진아 김혜연 정유선 | 홍보 김희숙 함유지 이소정 이미희
제작 강신은 김동욱 임현식 | 제작처 상지사

펴낸곳 (주)문학동네 | 펴낸이 김소영
출판등록 1993년 10월 22일 제406-2003-000045호
주소 10881 경기도 파주시 회동길 210
전자우편 editor@munhak.com | 대표전화 031) 955-8888 | 팩스 031) 955-8855
문의전화 031) 955-3579(마케팅) 031) 955-8860(편집)
문학동네카페 http://cafe.naver.com/mhdn | 트위터 @munhakdongne
북클럽문학동네 http://bookclubmunhak.com

ISBN 978-89-546-8437-8 03860

잘못된 책은 구입하신 서점에서 교환해드립니다.
기타 교환 문의 031) 955-2661, 3580

www.munhak.com